佐藤真里子詩集

Satou Mariko

新・日本現代詩文庫
118

土曜美術社出版販売

新・日本現代詩文庫　118　佐藤真里子詩集　目次

詩篇

未刊詩篇

エッセイ

詩篇

詩集『ユダの軌跡』（一九九一年）抄

ユダの軌跡

またしても
のどが渇くから
無言のあなたの愛
という　手垢の濃い絆
かるく　ほどく
「やっぱり　おまえは……」と
言われ続けてきた日々
肝心な時には
いつでも　のどが渇いていた
その度に
水道水
その度に
私の宇宙　傾き
その度に
陽に背く座標へと
走ってしまう私
渇くのど
潤す水
多量なら
落日　きれいなら
捨ててもいい
皮膚になじんだ朝夕
希薄になっていく胸の
夢　入れ替えてもいい
化粧などするものか
お嫁になど行くものか
少しずつ
いびつになっていく地球の
窮屈な日曜日

歯など磨くものか
パンツなどはくものか
梅雨明け宣言　聞き逃し
堕落した雨に浸ったまま
夏の欠落
またしても
渇くのど
多湿と思う明日

人形たち

青いポプラの周辺で枯れていく
たましいを得た人形たち
運び過ぎた砂の重たさを
底のない器に注ぐことにも疲れて
葉脈の中に素直に溶けていく

ここに座っているのは
影の輪をつなぐ人形たち
閉ざされたページの中でも
傷口はいつでも生温かく
雫を空に広げ
わずかに陽が陰る

古ぼけた舞踏会の
終わりはない
ぜんまい時計に季節が畳みかけ
人形たちの膚が黄ばんでも
同じ速さで回るだけ
人形たちの靴は石になる

触れあうことはいつでも寒い
つぶやきは埋没を早め

戸惑う仮面の裏側で
すでに溶け始めた人形たちの骨
深い絵の中で醒め続ける

この痛みは淫らすぎる子守歌のため
たとえ瞳が何を抉り取ろうと
明け渡しはしなかったたましいが
追憶の中で血祭りにされている夕べに
人形たちは
砂漠を貫ききれぬ葬列となって
凍った砂にめり込む

歩みは遠い
風に分割される神話の領域で
人形たちのいのちは
逆流を繰り返す

三歳の誕生日に

白い歯で
透き通る未来をキッと噛んでは
三本のろうそくを吹き消す
私の最も深い血の海より
おまえがはじめて叫んだのは
風の季節だった

光が移る
おまえが走る
傷つくべき無垢をかざして
やわらかな次元を音もなく滑っていく
私が失ったもの　私が行く道の
最も手強いライバルよ

危うい雫のようなおまえの感性
少しも歪んでいないおまえの喜びや悲しみ
屈折を知らぬ想いが彩りを変えるたび
熱っぽい四肢が世界の四隅を探っていくたび
私の血肉がおまえへと少しずつ
輝く領域を明け渡す

「なぜ……なの」という
おまえのたくさんの響きが
コスモスの夕暮れに積もっていくね
見知らぬ鳥たちが季節を追いかけていく
やがて四季を巡る針が
おまえに甘い苛酷さを告げにくるだろう

闇の背後を知る日のためには
ただ私の血を
流れに浸して見せるしかない
戸惑う視線を分けて
神々の位置を移すしかない

この橋は
やがてはおまえ一人で渡り切るべき橋
それを知った日　おまえははじめて
私の血の海を抜ける

裸足のジーザス

その眼が
その唇が
何度も私を沈めた

なのに　いつだって

ゆっくりと浮上していく　私の想い
今　紙飛行機が飛び立てない空
呼吸の無い街に住み
かじりかけていた青リンゴは
手のひらで光っていた砂粒は
どこへ落としてきたのだろう

ガラクタ宝石箱の錆付いた鍵をあけ
あるいは　茶色に変色した手紙の束を解き
物語の途中で消えてしまった
あなたに尋ねたい

その頬は熱かったの
その胸は鼓動を持っていたの
風が奪い去った私たちの一瞬を晒す

熱砂の海は　すぐそこ
衣も無く　裸足のジーザス
私も裸足
震える波たちを分けて
迷う私の手を引いて欲しい

ひび割れたガラス窓越しに
私が汚した風景　傷つけた壁という壁からも
あなたが見えるから

私の奥底に眠っている　真白い布を裂き
その素肌に巻きつけたい

あなたが愛を描いた約二千年の大地は
今　とても寒くて
私の熱さない日々が　追っていく

炎の記憶

ひときわ青く潤んでいる　あの星
私の地球
そこに生まれ育ったことを
少しも後悔はしていない
こんなにも美しい星だったのだと
素直に叫んでも　今は誰にも届かない

地に繋がれて在るものはみな
光は見えない旅人だから　闇へと急ぐけど

晴れた夜は少しだけ永遠が見えてきて
夢の隙間をすり抜けていく　私は鳥
遠くやわらかなあの星の炎を見ている

本当は地球　あの丸いやさしさも
破れを隠している紙風船
私たちの呼吸を包み込めなくなってきた大気
魚たちを追いつめていく濁り始めた海
掘り過ぎて苦い汁の浮く大地を
誰が知るだろう

おまえは　はじめに私のいのちを告げたもの
昇る陽　沈む陽と共に
おまえは地と水に注がれていた
地は　水は　明日へと私を運んでくれた
おまえはこの胸に在り続けた炎だったと
今　気付く

たとえ　この手のひらほどでもかまわない
生きることで汚してきた地球を暖めたい

炎として生まれ　炎として還るだろう
あの星の遠い予感
ものみな炎であった日々の
重くしずかな記憶が　私を呼んでいる
あの地球へ戻ろう

未完のままに

あらゆるものがゆっくりと
閉じていくベッドの上で
八十四年の道のりを巻き戻すように
おまえは夥しい夢を見る

陽を追って一日中遊び回っていた子供の頃の
裸馬を乗り回し夜露の中に眠った
若く熱い日々の

だが決まって最後には
夜明けと共に始まり日没まで続いた
苛酷な農作業の夢で目醒めてしまう
何十年も続いたそれらの日々が
自分の体を侵食し
今は消毒臭い病院の特殊ベッドに
縛りつけられているのだと気付く

涙を知らず涙を笑ったおまえが
しきりに泣く
村はずれの社に掲げられた
巨大な天狗の面の眼のように
鋭い光で人々を威圧し　自分を通し続け
何代も続いた専業農家の
大きな藁葺屋根の下に
君臨してきたおまえが
今　しきりに泣く

訪れる人全てに
これが最後の別れだと言って
泣きじゃくってしまう

食事も薬も通らなくなってしまった喉へ
浴びる程呑んだ大好きな酒を
そっと流してやりたい
村一番の力持ちを誇っていた
今は点滴の針も入らない
骨に近いその両腕　両手を
力いっぱい握り締めて
おまえの明日を決して暖めはしない
唯一の栄養補給ルートの細い管を
鼻から外して
うまい空気を心の果てまで吸い込ませ
おまえの苦痛を知っている
もっとやさしい星へと
見送ってあげたいのに

熟し過ぎて腐敗に近い地球の上では
やわらかな雫のようにポトリと落ちたい
誰にも触れさせず汚されたくない
おまえだけの死を
嘗めるように
未完のままに引き延ばしていく

ウォーターベッド

恐らくこれが最後の航海
楽しくやろうぜ
無理にはしゃいでみせる
私の声だけが浮き上がってしまう
皮膚に包まれた骨だけのおまえを乗せた朝

私はどこへ進めばいい
これからゆっくりと閉じていくおまえとは
逆行する窓の外　花びらの季節

寝返りは打てない
何も喉へは通せない
生きている事に気付きたくないおまえの
肩を執拗に揺らすのは誰
すり切れて赤くなった鼻へ通される管
凍りついていく血管を追っていく点滴の針
生命綱はしっかりと　おまえに結ばれていく

長過ぎる夜と影が　こんなにも
おまえを塗り尽くしてしまったから
光を集めよう
光だけを追って　もっと遠くへ
私はおまえを運んで行こう

八十五年間　巻き続けたぜんまい時計を
しずかに緩め
私の胸はスクリーン
昔　船乗りだったおまえの
熱く楽しい日々だけを　ここに広げておくれ

この星を抜けるだろう　私たちの航海
この海で
砕けそうな骨たちを透かして私に響くのは
かつておまえを囲んでいた者たちの
乾燥しきった声
「俺たちだって生きねば……」と
おまえが帰るべき家は年中出稼ぎ不在
「これ少しだけど……」と
顔を出さない八人の子供たちの
少し多い見舞い金
「まだ終わらないの　おじいちゃんは」と

とっくに成人した孫たちの苛立ち
それらさえ　もうこれ以上
おまえを傷つけられはしない

目覚めは眠り　眠りは夢
全て夢なのさ
目を閉じて見る私のスクリーンだけが
おまえを未知へと運ぶもの
やわらかな南風　浴びたら
七つの海の七つの冒険　ちりばめて
行こう　行くよ　私も最後まで
言おうとして言えなかったおまえの
何もかも吸い込んでしまった私だから
そっとこの星を越える日に
私を裂けばいい
おまえだけのこの海を
みんな床に撒き散らして行けばいい

四階への出前

隣の総合病院
四階への出前が怖い

いったい誰が食べるというんだろう
私達が行く道のギリギリの果てから
響いてくる年老いた声　電話での注文
ラーメン　親子丼　天丼　鍋焼きうどん

エレベーターを降りれば
そこは　透明度を捨てた海
漂うベッドの中から湧き上がってくる食欲は
日常を取り戻したい叫びのよう
ラーメン　親子丼　天丼　鍋焼きうどん

消毒済みの白い機械のように行きかうナース達の
　他に
どんな生気があるというんだろう　この空間

自分だけの歩みからは遠く離れ
限りなく近付いてくる死からは
もっと遠いのに
差しのべられる肉親の手は　ほとんど無い

生きて在る者の生活の中には
すでに　加えられてはいないのだから

栄養補給も排泄も機械まかせの日々は
僅かに残された意識の中で
食欲だけが唯一の生きている確証めいて
増大するばかり

ラーメン　親子丼　天丼　鍋焼きうどん
四階への出前が怖い

まだ若いと思い込む私が怖い
私だけはと　避けて通る迂回路が怖い

暗くさびしい夜には大きなテーブルを広げ
あのみんなが　席につく
ラーメン　親子丼　天丼　鍋焼きうどん
私は運ぶ
声が聞こえなくなるまで
運び続ける
やわらかな湯気と賑いの中から
一粒ずつ
星が空に吸い尽くされるまで
運び続ける

真夜中の運動会

照りつける真夜中の太陽は
どこまでも
マミィを塗り潰していく
大勢の観客である　アカシアの樹々は
激しく揺れて
オフホワイトの花房たちが
拍手と歓声の渦を　いつまでも巻き続ける

何もかも　あの日と同じ
学年で　一番速い子
リレーの選手だったマミィは　アンカー
光るバトンを　闇に翳して　走り出す
行進　ラジオ体操　障害走だって　誰も
マミィの先へは　走り出せなかったんだね
私も　どこかへ　走り去ってしまいたく
真夜中　ただ　マミィを追い駆け回す

脳神経外科　神経内科　精神科
医師たちの手をすり抜けて
筋道を通したはずの　マミィの告白は
とても明るい迷路

今　在る苦痛で　開いてしまった傷口から
脳裏にやさしい空間へと
逆行していくマミィ

使用人がいっぱいいた　大きな屋敷
同居していた異母姉妹の中に
君臨していた日々が

人生の全てのように
辛くなれば
そこから先へは　一歩も進まない
あとはみな　空白のページたち

大火に因る　一家離散とか
紡績工場とか
マミィと私を　置き忘れて行ってしまった
男の事など
もう　どうでも良かったのに

常に一位であるべき
全て　……であるべき
マミィの毎日が運動会
真白いゴールテープを切る事でしか
明日を繋げなくて

切り捨てるどころか
ゆっくりと　編み続けていたんだね
その　茨のセーター
いったい　誰が着るの

最初は　正体不明の頭痛
やがて
あの男によく似ているという　私の首
締められる前に　締めようとする
行為で完結されていく

長い雨期
突然　晴れた朝
この坂道って
底が見え過ぎていると
気付く

ごめん　マミィ

閉じ込められてしまった　病院の
鉄格子の入った窓から
私の背を見ていた　マミィの眼は
一瞬　正気過ぎる位　正気で
冷たくて

詩集『寒い日もっと寒いあなたの体内へと降りていった日に』（一九九四年）抄

藍

あい
あいいろの
濃い闇の中から
わたしは、生まれた

あいいろの濃さ
あいの深さ
そこに宿る円錐形の秩序を
負いつつも
うすめ、攪拌しながら
わたしは、まわる

わたしを浸している、あい
あいいろは
あいだけの
あおさ

原始の海
三葉虫だったわたしが泳いでいた
カンブリア紀の海の、あお

茂るしだとりんぼくの森
一枚の葉だったわたしが吸っていた
デボン紀に満ちていた気体の、あお

はじめて飛んだ空
鳥だったわたしの眼を覆っていた
ジュラ紀の空の、あお

あい
あいいろは
地と空に溢れ
わたしを包み込み
包まれることでしか
まわれないわたしが

はじめて二本の足で立ち
駆け出したのは
僅か四百万年前

あい
あいいろの中
この両手は
何を得て
あい

かけがえのない、あいいろに
何を混ぜてしまったのか

痛い魂の底
いま
あい、あいいろが
とても、うすい

失っていくことでしか
摑めないのか、あい
あいいろが
一点に収縮されていく
あなたの美しい数式ならば

この痛み
あい
あいいろが

透明に変わる
ただ一つの点である
あなたに
今すぐ
届けば

体内時計

真夜中
突然目が覚めてしまう
二時十九分を指す夜光の針に
意味はなく

渇ききった喉の痛みが
私に刻んでいる
誰だって一個は持っているさ

体液の海の底深くに沈んでいる
風のゆらぎ光の粒たちに触れながら
しずかに私を巡らせていくもの

ゆうべのよろこびは素早く
迎える日々への迷いはゆるやかに

そして
遠くにいるあなたが
もっと遠くへ行ってしまったと
いま
私に告げている

ジャガーに乗って

カンカン照りの午後
ポテトチップスを　かじりながら
動物園で　ジャガーの檻を　見ていた

ゆらゆらの　格子の中のわたしは　いったい　だれ
自由への鍵は　そちら側
この檻　なんとかしてほしい

だったら　行くかい
うん　いっしょに　行く
その背に乗れるなら　どこへでも
風に乗り　光に乗りさえすれば

縛られて在る時空も　かわるはず
約束だらけで　汗ばんだ衣服は　脱ぎ捨てて
なめらかな　起伏へと　飛び移る
ジャガーは　走る　わたしを乗せて　飛ぶ

たちまち　うつくしく歪んで去っていく　風景の
　中
ジャガーとわたし　皮膚呼吸
黄色い肌が　つややかな　毛並の中へと　溶けて
　いく
眼を閉じ　耳を澄ませば　みな　ただ一つの　流
　れ
同じルーツの　せせらぎだった
震える指先が　覚えている　はるかな　日々
炎におののく　一匹の獣だったね　わたし
雲へと舞い上がる鳥　暗い砂底に眠る魚
甘い酸素を吐き出す　シダの葉だった

だけど　もっとむこうの　そのまたむこうの
もう　どんな叫びも　ここには　届かないミクロ
　の海
この海に漂う　わたしも　光る一粒だったはず
この痛み　光が分裂していく　さびしさならば
始原の一粒を　抱きしめて　振り返る

ジャガーとわたしの　鉄格子
まばたきの間の一秒を　限りなく遠く　巡ったね
重い持続の中に　戻らねばならない　わたしの背
　に
愛しいジャガー　二度と　触れないで

誕生日は四月

なぜと
問い詰めないで
誕生日は四月
おまえにははじめから
父が無い

暗い雪の重量をはねのけて蘇る黒土
生物たちの新たなめざめの予感
全ては穏やかな未明に
ついに訪れてしまった日の不安を抱えながら
震える母の血の器から
あるいは出てはいけなかった空間へと
おまえは落とされた

落ちる
あらかじめ負わされたレッテルのままに
おまえは何度も
落ちる

朝焼けの枝先に吊り上げられた想いの滴
暖めるまえに
真夏の強い風に晒された石段
上り切るまえに
二度と光は見ないと思わせてしまう
夕闇にころがされた魂の岩場から

おまえの落下は
まるで定められたうつくしい軌跡を辿る放物線

吹き抜けていく風は

もう寒さの日々を思い出させはしないから
誕生日は四月
明るさの方向へ
ためらいもなく走っていく背中いっぱい
まぶしくて
遠ざかる
どんどん遠ざかる
いっしょに走っているおまえだけが
退歩だと

陰るおまえの背面を無視して
色とりどりのチューリップが咲き揃った日
誕生日は四月
小さなケーキにフォークを突き刺して
クラスの誰よりも先に
おまえは大人になる
この日特別多くの嘘をつく

季節を忘れた砂嵐
いつまでも胸に吹き荒れるわけないさと
誕生日は四月
何度も何度も巡るたびに
切り捨てた
噛み砕いた
一片一片を笑う
笑って済ませられるはずの
おまえが始まった日が
またやってくる

いまだにぎこちない歩み引きながら
青っぽく
青っぽいままに
今年も少し傾いて差してくる陽光
素直に受け取れず

誕生日は四月
四月　四月　四月　四月

僕を君の

僕を君の
子宮の中に閉じこめてよ
穏やかな時間を流しながら
君だけの想いで
温め直してくれたなら
きっと
元の健康な僕に
戻って出て来られるさ
鈍い痛みが続く頭部を
わたしに押し当てて
つぶやく声が

いつまでも
わたしを
溶かせない氷のシートに
釘づけにしている
唇から
しずかに移されていく
微熱が
ジーンズの厚い生地を
突き抜けて
わたしの下腹部へ
苦しい息づかいを
伝えている
いまは
誰も住んでいない
わたしの
生暖かい海だから
本当に

小さく折りたたみ
そっと沈めたい
あなたの痛みの
一グラムも負えない
わたしの健康な肉体さえが
もどかしく
むかしむかしに駆け戻り
精子と卵子に分裂してしまいたい
こんな
夜は

痛みのはじめに

君を知るまえは
毎朝夜明けのジョギング
オゾン層には穴があいているんだぜ
と誰かの言葉も
遠い事実
朝一番の風を分けて
世界もわたしも
光の方向へと
無邪気に信じていた
わたしだから
向き合い
しっかりと見開けば
澱みのない君の眼が
わたしを突き崩していく
君の長い手足
暗闇のジェットコースター
知らなかった色々な恐怖を乗せ
わたしを乗せ
走る
レールを越えても

走り続ける
君の少し厚い唇が
君だけの痛みを引きながら
わたしの薄い皮膚を
這っていく
無菌状態を
壊しながら
骨のすみずみにまで
暗いリズムを
刻んでいく
君の深爪の指が
痛みのはじめは
めざめのはじめ
わたしの空っぽの脳裏を
ゆっくりと
昇っていく
君の湿った褐色の太陽が
少しずつ
わたしを濡らしていく
君の体に
きつく巻きついた
理由のない糸が
ほどけない
そんな病に
苦しみ
死に追いかけられ
死を追いかける君を
知るまえは

復活

森の中
正午の射撃練習場のパーキング

誰も居ない

無理にもらった数時間の外出許可
病室の視界は狭いから
海が見たいの
それとも樹々の葉の色

とりあえずこんな場所
わたしの不慣れな運転で
やっとこんな場所

わたしたちが熟するための時間は
少なすぎて

痩せた固い膝枕でかわいそう
車のドアをあけ
少しの風と陽をあなたに注ぎ込む

森の微妙なささやきに耳を澄ませば
それらと溶け合えない
あなたの不規則な呼吸が
わたしにノックしてくる
言い出せない言葉を打ち続けている

いのちがどこから来て
どこへ還っていくのか
誰も何も教えてくれない
いまはそのいのちがただ重たくて

たとえ背中が十字架だとしても
ナザレのあの人のような
復活を夢見る
病の癒えたあなたと
わたしとの

復活を

ふらつく足どりで
わたしたちは的の前に立つ

一発目は左足
二発目は右肩
三発目は背骨
四発目はとどめの後頭部

わたしたちの脳裏をしずかに流れていく
血の細い川

もうわたしたちの時間は
残り僅かだから
心から思う
誰かその光る銃で
わたしたちを撃って

不確かな冬

玄関先の牛乳びんが割れて
はみ出したシャーベット状の中身が
乾いている唇　渇ききっている言葉を
浸すことはなかった

冷気が
水道管を凍結させて
流れいくすべてのものを
一瞬も塞き止めることはなかった

つららが
ガラス窓に鉄格子を張り巡らすほどのびて

軋むいのちに突き刺さることはなかった
吹雪が
心を封印してしまうほど
唸り声をあげて荒れ狂うことはなかった

何もかも不確かで
大地の鼓動は届かずに

わたしに教会へ行けと言った
あの本を読みこの音楽を聴けと
とても押しつけがましかった

氷の上に愛を晒しながら
答えられない質問を
いっぱいに浴びせた

雪だるまにしてやると
ふざけた
死のう
死ぬぞと脅した
あなたと

消え去る前の雪を掻き集めたい
雪だけの長いトンネルを
掘り進みたい

本当の冬
真冬のような
あなたと

鳥

はじめて会ったとき
あなたの背中で微かに震えていたものはなに
Tシャツの中だから見えない
触れるのが怖い
怖いけど

その痛み分け合おうと
どんどん駆け下っていった坂道
もうどんな薬も効かなくて
引き摺る鎖は重たくて
ぼんやり空ばかり見ている

あなたの原因不明の頭痛
誰も治せない
街の中は嘘のあかるさだから
森へ行こうか

二人をゆっくりと巻き込み隠してくれる
緑色した空間に地上の冷たさはなにもないから
空ばかり見ているあなたはもしかして

シャツは脱ぎ捨てよう
風が長い髪の毛を遠くへ攫っていくままに
木洩日が裸の胸をモザイク状に割っていくままに
草の上をころげまわれば
突然の狂気はあくまでもうつくしく
両手を懸命に広げて空へ向かおうとする

あなたはもしかして
いますぐわたしの骨を砕き殼をつくろう
想いをこめて流すわたしの体液をその中に満たそう

あなたは鳥
きっと鳥
翼を折られて飛べなくなった鳥

わたしにもたれて意識もうすれかけた
あなたを悲しまずに
殼の中に包み込もう

舌先で濡らした破片で
殼の最後の隙間を閉じたなら
暖め続けよう

わたしが落ちていく夢
決して醒めない夢
醒めずに見続ける夢は
この殼を破って飛び立つ鳥としてのあなた

たとえわたしの形が溶けてしまっても
それはみなあなたに注がれるわたしだから

しずかに眼を閉じた
森の中
あなたを卵に還す日

星夜

過去も未来も外した
心を覆っている何もかも外して

裸になり
衣服を燃やした

立ち昇る炎を浴びながら
いままでそれとは気づかなかった
大地の調べに乗った

乗り切って裸足で踊った
真夜中の森
二人の影を引き連れて
四人で踊った

地球の自転とは
逆まわりしているわたしたち
そのはじめての感覚に酔いながら
まわり続けた

まわりながら
もうどうでもいいものを
次々と炎の中に投げ入れた

きっと
あと数ケ月のあなたのいのちは
これで数日に縮むだろうか
生真面目でいい人と
わたしを包んでいた安全地帯は
これで
跡形もなく消え去るだろうか

でもいまは
病も忘れ
信じられない元気さで
最盛期の頃の歌を歌っている
あなたの声しか聞こえない

いのちがどこへ還ろうとも
見えないものだけを信じている
わたしたちだけで広げる
星の下のハネムーンベッド

降りしきる星々だから
どの星でもいい
このままそっと
わたしたちを連れて行って

何一つ残さずに
地上を離れる
生命末期は
こんなにも晴れやかで
いまは
ただ

詩集『風のオルフェウス』（一九九六年）抄

〈あどりぶ〉でオルフェウスと出逢った

時間はねじれたり
時には凍結さえしてしまうものと
心に言い聞かせた

それでも
わたしのいまがつかめずに
辿り着きたい先が見えずに
脳裏の砂漠で迷ってばかりいた
たまには〈あどりぶ〉のドアを開けて
顔を見せてよと

親友の電話にも生返事
閉じこもっていると腐っちゃうよ
うん　もう腐っている

そんなわたしが重たくて
慣れてしまった防御の厚着
一枚　二枚
思わず全部脱ぎ捨てて
〈あどりぶ〉のドアを勢いよく開けてみた

よく見えないしぼり過ぎている照明
まんなかで誰かが歌っている
そこだけまるいやさしい明るさ
でもどっぷりと暗い歌
ギターだけで歌っている
澄んでいる旋律

複数の楽器のように声を変えられるんだね
すてきな音域
でもやっぱり暗い

〝エベレストの頂上で死にたい〟なんて
こっちまで死にたくなる位に
引き込む湿っぽさだったから
一人二人とみんな帰って

聴き手はとうとうわたし一人
まだ歌っている
いよいよ暗く
痛みのレールを勝手に突っ走っている

その素足
どんな茨を踏んでいるの
眼には見えない血の色が滲んでいる

二つも三つも外しているシャツのボタンの内側は
少年の頃の夢で熱いはずなのに

そんなに辛いの
歌わずにはいられない失意の日々
わたしも息苦しいから
止められないスピード
少しだけ緩めて

新生児みたいに光をまぶしがる無垢な瞳が
だんだん大きく見開かれて
すでにわたしを射貫いている

いままで
なにを生きてきたのだろうわたしの
ずうっと大切にしてきた守ってきた
奥底の地図を奪い取り

四枚に引き裂きながら

新しい海
新しい混沌を引き連れて
君は
オルフェウス

（一九九三・五）

二個のボタンのわたしオルフェウスと泳いだ

孤立してしまった四十四日目
日差しの強い午後

ここからはもう止められない坂道
ブレーキを効かせて降りていく歩調は辛いから

焼けつく砂の上を岸辺まで
思いっきり転がっていく

空　砂　空　砂
上になる　下になる　上になる　下になる
空と砂とが輪になって
回転していくオルフェウスとわたしを
キリキリ縛る

なまぬるい海水に触れてはじめて気づく
雑多なものをまだいっぱい身につけていて
泳げないわたし
水のなかの方がいい
半分魚族の裸のオルフェウスだけが
どんどん進んでいく

待って　待ってよ

Tシャツとショートパンツ姿の
泳げない情けない現実のわたしは
ここに残していくから
二個の眼だけで二個のボタンとなって
オルフェウスの背中に貼りついていく

泳ぐ　泳ぐ
オルフェウスが泳ぐ
まきかえす波たちを分けて
背中の弾力　快いリズム
うすいチョコレート色した長い肢体は
若い葉を数枚つけたまま折られた枝のよう
浮き沈みしながら沖へ沖へと

もう陸地は遠い
重力の束縛からもこんなにも遠い
藍色の濃淡だけが

空と海とを仕切って
揺れている
揺らされている
いのちはこんなふうにうねっているのだと
痛みの日々にも感じさせてね

海は液体のなかは
生まれ出るまえの空間のやさしさだから

陸の上ではただ息苦しく
発作的苦痛を背負ったオルフェウスも
Tシャツとショートパンツ姿で岸に残っている
泳げない情けない現実のわたしも
みんな嘘や
わざと悲しく装った悪ふざけのようで

半分魚族の裸のオルフェウスと
眼だけで背中に貼りついているわたしと
想いを精一杯のばし
たとえ暗黒だとしても

わたしたちの未来
キッと引き寄せた

（一九九三・九）

〝ただ愛だけが〟とオルフェウスは歌った

声も歌詞も旋律も甘すぎるラヴソングは
ホットコーヒーに角砂糖四個のようで虫歯が疼き
　だした

〝共産主義はアヘンで資本主義は尻軽女さ〟と
社会を見つめる歌はとても強引だった

放浪を続けていた自らを歌った歌は暗すぎて
思わず自殺行為を誘発しそうな反応援歌だった

ついには働けなくなってしまった肉体の現実を超
　えて
生きようとするあえぎに満ちた最近の歌は
身も心も弱きものとしての祈りのようで呼吸がつ
　まった

だけどオルフェウス
こんな歌ばかり聴いていていてはと思うほどに
逆らい難くどんどん浸透してくる
光や風となって皮膚感覚に馴染んでくる

見たくない触れたくない隠しておきたい痛みの本
　質を
きっと言い当てているのだろう

友人たちに聴かせれば
甘ったるくて耐えられないラヴソング
実際に働いていないのに何が分かるだろうか生き
　ることの意味
明日への活力が奪われるから意識的に聴かないと
暴風雨のような風あたりまるでわたし自身のこと
　のように浴びて

それでも一日中聴きながら絵筆を握っていた
描いた　描いた　思いっきり
いままでにたった一枚しか売れなかった
ほとんどダークカラーだけのわたしの絵のように
オルフェウスの歌にも陽が昇らずに

雨続きのあとの少しの晴れ間に森へと出掛けた
何枚ものわたしの絵をかかえ
ありったけのオルフェウスの歌のテープをポケットに入れて
人間以外の感性と関わりたいと不遜な想いのままに

樹々にわたしの絵を一枚一枚立て掛けていった
オルフェウスの歌を森に流してしずかにこだまさせた

どんなものにも愛は宿っている
〝ただ愛だけが〟とオルフェウスが歌えば
野の花々はうっとりと小首を揺らし
わたしの絵のなかの沈んだ大地を獣たちが駆け巡る

それらを胸の底深くに刻み込まずに
一歩も先へは進めないから

卑近な一秒一秒から
星たちの時間が流れていく遠い未来へと
ひといきに走り抜けたい
オルフェウスと

（一九九三・十）

倉庫の二階のわたしの部屋突然遊園地

水滴の残るガラス窓越しに外を見ている
枝々のいまにも落ちそうな葉たちが
強めの風に揺れているのを

わたしの震えと同じリズムで見ている
四日以上は空白を入れなかった
君からの手紙も電話もなくて
君に確実に刻まれて在る秒針のわたしだとしても
部屋のあかりはつけない
苦しいから君の歌は聴かない
もう手紙も電話もよこすなよと
大きな紙に書いて
ジグソーパズルなみにちぎっては撒き散らし
部屋中に雪を降らせれば
倉庫の二階のわたしの部屋突然遊園地
あらゆる遊具がまわっている
まわり続けるマーラーのＣＤの上を
わたしを乗せてまわり続けるメリーゴーラウンド
たとえ君がこのまま永久に働けずに
歌もつくれず歌えずに
周りの壁がだんだん狭くなったとしても

そのときはここへおいで
いつまでも君をあやし揺らし続ける
空中ぶらんこが待っている
君が君でなくなってしまいそうな
繰り返し襲ってくる全身の痛みを
彫刻のような裸体を床に這わせて耐えるときも
やはりいのちはいのち
否応なしに明日へと君を運ぶから
もしかしてなんていまは考えない
いつも森のなかにいたいと思うわたしの
観葉植物が絡みつくジャングルジムにぶらさがっ
て
まっすぐできれいだよと君がなぞった
指の圧力を思い出す背骨がボキンと鳴って
誰かが階段を駆けのぼってくる音
ドアをノックする音
ゆっくり二つ

そしてだんだん強く
あける　あけない　あける　あけない
きっと君
オルフェウス

（一九九三・十一）

真夜中の屋根の上のピクニック

窓の外　落葉　坂道　星あかり
うつ伏せたまま動かないわたしを
抱き起こしてオルフェウスが言う

　なんて宙吊りなんだ　外へ出よう　今夜
は星がいっぱいだから　屋根に登ろう
屋根から屋根へ　真夜中のピクニックし
よう　半分飛びながらね　君の好きなマ
ヨネーズ付きパン持って　僕の好きな白
　ワイン持って

背中がやけにむずがゆいのは
忘れていた大きな翼のせい
この半ば壊れかけている青白い星の
重力を外し

こわごわの一歩
ふんわり二歩

屋根から屋根へ飛び移っていく
とっくに眠っている家々の隙間を越えて
遠くに霞む眠りを知らない街の原色を背に
もう下は見ない
今日から明日へ次々と送り込まれる

わたしたちを圧迫するものを踏みしだくように
駆けて駆けまわって
飛んで飛びまわって

疲れ果てて無意味だと気づくよりも素早く
大気圏外のエネルギーだけに引き寄せられて
星だけを見つめながら
平べったい屋根の上に寝転がれば
何もかも吸い尽くしそうないっぱいのまたたき

　本当は僕たち　どこから来て　どこへ行
　くのか　消されてしまうまで　何も知ら
　なくて　弱みや痛みばかり晒してる君の
　絵と僕の歌が　残るだけ　だからって
　僕たち……

真夜中の寒さに震えながら
オルフェウスの唇が
わたしの唇に
いま生まれたばかりの歌を
そっと伝えた

（一九九三・十二）

狂ってもっと狂ってよオルフェウス

なぜってわたしたち
いつも後ろ指をさされていると
思ってしまうから
秋の陽が溶けていく海岸線を
どこまでも北上していく

カーステレオから溢れている

大好きなアルバム『イマジン』
〝天国なんかないと思ってごらん〟と
ジョンが歌っている

天国　でもあなたは信じている　わたしを死へと誘うあなた　あなたの混乱　混乱のなかでしか育めない　わたしたちの想い　想いが守り通さねばならない現実　あなたの妻　娘　母への秘密　秘密の重さ　重さのなかでさえ　愛だけが生きのびていく　あなたの歌　熱くやさしく　だけど闇　闇のなかでもがく病気のあなた　あなたの原因不明の病気　発作的に襲ってくる　全身の痛み　まったく健康な人という外見　外見がどんどん追いつめていく　働けないあなた　働けない者への社会の冷淡な視線　視線の間を縫うように　しのび逢っている　わたしたちの狂気　ならばせめて

突然
オルフェウスがカーステレオを切る
「君はさっきから何も聴いていなかったね」

だってわたし
わたしたちもう
これ以上先へは行けそうもなくて

とっくに沈んでしまった秋の陽
凍りつく数秒先の未来
狂ってもっと狂ってよ
オルフェウス

（一九九四・三）

硝子の城

この言い知れぬ寒さは
どこからやってくるのだろう

震えながらも
想いだけはいっぱいに張り合わせて築いた
もろくこわれやすい空間は
地上から少し浮いて漂っていた

わたしたちはそのなかに閉じこもる

しずかにおろされたロックは
たちまち炎となって
もう誰も入れない　出られない

行き着くはずのひとつの道しか見えなかった
どこまでも続いていた
春まだ浅い地平線を越えて
母なる地球を越えて
遠くの銀河へ
その先へまでも

わたしたちにはそれが見えた
よく見えていたから
とどまればもっと苦しむこともない
立ち塞がる壁
不透明な倫理という壁までも越えていく

一瞬の光だけに憧れたわけじゃない
背後に引き摺る闇までも吸い込んで
やさしさだけでは決してなく

醜さも残酷さもあなたの世界
その両腕の海のあおさのなかで
みな感じとろうとした

何度激痛が走り抜けたことだろうあなたの
病んでいる眼　唇　指先が
わたしに印す傷口から
熱く押し寄せてくる
あなたの何もかもを受け止めた

（一九九四・四）

オルフェウス（一九六〇―一九九四）

サラサラの髪
大きな口　唇
笑顔のときも
かなしい瞳のままのオルフェウス

突然わたしを笑わせ　泣かせ
雪の日　野良の子犬に
自ら噛み砕いたパンを舌先で与えていた
カマンベールチーズが好きなオルフェウス

わたしたちは指切りをした
「シを」と言って「詩」のつもりで
「実は死だ」と
わたしに死を約束させたオルフェウス

信じない
わたしは信じない

メモ魔だったあなたが
紙切れに走り書きひとつ残さず

離さなかった鎮痛剤もお金も置いたまま
そっと家を出たという
真冬の午後の日を

飲み干したアルコールのびんだけが残っていた
乗っていた車が雪の中から発見されたという
四週目の夜を

毎日同じ場所に鼻をすりよせて知らせた
探し当てたのは飼い主と散歩中の犬だった
雪を数十センチも掘り下げて
最初に現れたのは
うつ伏せのあなたの片方の耳だったという
六十一日目の朝を

もともと中身は子供のままだったわたし
いまは外見さえも子供になって
信じない
何も信じない

やさしくなかったね　誰もが
あなたを理解しきれなかった
包み込めない一枚の布だった
わたしとは
あなたの住んでいた町　この国　この地球とは
きっと本当は
あなた以上に病んでいるのだろう

わたしのなかで唯一確かなものは
あなたはわたしでなければならず
わたしはあなたでなければならなかった
わずか二年八カ月の日々

そうさ　あとは何も信じない

信じたくない君のままでいいよと
声だけのオルフェウスが
背後からしずかにわたしを抱きしめた
（一九九五・十一）

詩集『鳥たちが帰った日に』（一九九八年）抄

縄文パズル

ほら
解いてごらんと
君が撒き散らす
ジグソー・パズルの夥しいピース
その一片一片がとてもまぶしい
四千年のときを隔てて
ふんわり風となって包んでくれる
君の世界と引き替えに
いま手にしている生活の便利さとは
枯らし続けてきた自然に対する
心の狭さ貧しさだったろうか
いまよりはもっと海が迫っていて

森も深く川も澄んでいて
君を守り育んでくれたもの
まるでポートレートのような
土偶の一個によく似た君の瞳は
自然の豊かさの恵みなんだって
ピースをつなぎながら分かってきたから
ほとんどがボタンひと押しで可能な
ボタン育ちのわたしがさびしくて
この小高い丘に淡い夕ぐれ
あかい月をみつめ
埋めあぐねているパズルの空洞から
滑り降りていく
四千年まえへの滑り台
同じ淡い夕ぐれとあかい月
いましも
小さな炎を囲んで
夕食を始めようとしている
わたしの家族が
うさんくさそうにたずねる
あら
どこへ行ってたの

鳥たちが帰った日に

近くの川に白鳥たちが冬を告げにやってきた
古い橋を渡るたび
その翼の白はわたしの活力
とは言え
坂道を転がっていくジュースの空き缶のような毎
　日だった
冬の夜空が晴れる日は数えるほどしかなかったが
川のほとりで何度か星をながめた

冬も終わりかと思われたその夜
彼は長い髪
よく伸びた背中や手足は
異質の空間に住むものの幾何学的な美しさ

寒い場所を追いかけていく旅人のようなものだから
もうすぐ北へ行くと言う
旅の途中で亡くしたばかりの恋人のことを
辛そうに話す
同じ季節が巡ってきても
痛みは痛みのままだよとわたしのことを話すと
一年たってもやはり同じかとうつむく
想いはと問い返す
強まると答えたら
だろうねとうなずく

向き合った瞳が互いの顔を映し出し
やがて互いの恋人の顔を映し出す
わたしたちは眼を閉じてかなしいキスをする
大切だった人の名を呼んでその魂を引き寄せる

川面から背後が透けて見えるような
危うい姿で彼らはやってくる
両手を空に広げて
彼らがつくる透明な球形のなかに
漂うことの原初的な快さ
世界をまるく歪ませながら消していく
大きな球形のなかの
わたしたち四人
あるいは一羽の白鳥とわたし
それともただひとりでまわっているわたし

季節は緩み始めていた
雪を割って顔を出すふきのとうの黄緑
さまざまな植物が芽吹くとき

裏のアカシアの樹が二本切られて視界が変わった
壁のお気に入りのポスターをみな外した
柱時計の針を早回しした
ノートを何冊か燃やした

その日
川に白鳥の姿は一羽もなかった

ハヒフヘホのお花見

やっと届いた桜前線
お弁当を作って
おむすび　いなり寿司　サンドイッチだって
好きなものだけわがままに詰め合わせて
低く枝を張った花のパラソル
桜の樹の下にシートを広げる
お弁当を広げる
お酒の栓も抜く
ゆるい風が通るたびに花びらが舞って
花を楽しむ人々の群れが回って
すわって見ているわたしも回って
訳もなく
ハハハハと笑い出す
君もヒヒヒヒと少し卑猥に笑うから
気持ち悪くて
でも君らしくて
フフフフと笑い返すと
何がそんなにおかしいのか
へへへへと本格的に笑い始める君

その声のくすぐったさに堪え切れず
ホホホホでは押さえ切れず
もっと大きな声で笑い出し
おむすびをかじっては笑い
ゆでたまごの殻をむきながら笑い
かまぼこや煮物の筍を箸からこぼすほど笑い転げ
心のなかにきちんと整理されていたものたちが
居心地悪そうに滑り落ちていく
これだけはと思っていた底の底の
懐かしいおもちゃ箱　錆ついている宝石箱まで
ひっくり返して
足の踏み場もないほど撒き散らかして
少しまえのことさえすっかり忘れて
明日のことなどとてもつまらなく思えて
お腹を押さえて仰向けに寝転がれば
無数の花びらのなかに隠れている
君までが枝々を揺らして笑い転げ
わたしたちは息が詰まるくらいに笑い転げ
笑って笑って涙が出てきて
鼻水っぽくもなって
こんなに笑い合っているのに
本当は君が……と
いつか笑い泣きして
泣き出して
とうとう泣きじゃくってしまう
一年に一度だけのお花見

花火

闇
沈黙
未知の物語に包まれている
じっと出発を待っている

たぶん生のまえはこんなもの
もしかして死のあとはこんなもの
答えをすでに手にしているあなたに
きつく挟まれたままの
点火

シュルシュルと昇りつめていく
小さな炎となって夜空へまっすぐに
紅の花片に次々と分裂していくわたし
わたしを囲む緑の輪を引くあなた

それは壊れやすい
だから思い切り潔くと決めた
痛みの愛のかたち

わっと上がる歓声がため息が
ひたすらなあなたとわたしとの
頂点を告げている
それもつかのま
溶け合うオレンジ色の粒子となって
暗い海へ落ちていく
ゆっくりと

この一瞬のまぶしさも
四十年八十年生きる道のりと変わりはない
僕たち宇宙の一片のまた一片のそのまた一片のと
あなたはつぶやき
沈むまぎわに
わたしだけを地に転がして消えた

北極星

もう決して会えない人と
夢のなかではしゃぎ過ぎた朝は
汗びっしょりで目覚める

枕から頭が大幅にずれている
こんな日は毎日同じ単純肉体労働からさえ
ずれて馬鹿にされてミスばかり目立つ

何かのせいにしたくなる
でも適当なものが見当たらず
あふれてボタボタこぼす
こんな日は

親しい誰かに嘘をつきたくなる
そのくせ視線がすでに電話線を切っている
急に外へ出たくなる欲求と同じ深さで
関わる何もかもが嫌になり
ドアというドアを閉じてしまう

こんな日は
曖昧な「はい」より
「いいえ」の答えばかりして
どんどんずれていく

ずれてずれて暮れていく北の空に
ポラリス
季節や時間で変わることなく
いつも同じ位置からわたしを見ていたね
あなたさえ本当は　ずれていく

真夜中のサイクリング

分かっている
よく分かっているのに
真夜中
ひたひたと寄せてくるさびしさ
どうにもならなくて
物置からそっと引っぱり出すボロ自転車
「今度はわたしが　わたしがあなたを乗せて
　走っていくから
　さあ　しっかりつかまって」と
声をかけてみる
本当は誰もいないのに
こんなわたしも悪くはないさと

目の前の急な坂道　ひといきに駆け降りれば
あなたは熱い風となってわたしの背を押してくる

月の光
芒の穂のトンネル
細く曲がりくねった上り坂　下り坂
まるでわたしの心みたいと
ペダルを踏み続ける

あの日から何度も考えた
考えても考えても迷路のなかのわたしが
ただ残るだけ

夜空のスクリーンは
いい思い出だけを次々に広げ
二度と戻れない　もう戻らない道
波しぶきに濡れた海岸線ギリギリの道を

夢中でペダルを踏んでいく

それは
こんな月の明るい夜には
まざまざと思い知らされる意地悪さで迫ってくる
たとえば
今すぐ喉を潤したい水と
噛み砕かなければ飲み込めない氷との
違いのようなもの

それは
とてもおしゃべりな昼と　ひたすら寡黙な夜
やがては朽ちていく果実と　そのなかに宿る種子
一人一人が閉じ込められた一個一個の器の内と外
魂につけられた鎖と翼

それは
たかが紙一重なのに
永遠に遠く
あなたとわたしを隔てている
生と死

雪野原

雪の下を流れる小川の
水の音を聞いた日
目覚めのハンマーを振り下ろし
わたしの胸の氷も割った
まだ浅い春の朝に

行き止まりだった道の
その先へはすべて風まかせ
水田のうねる緑の海のまんなかに

迷うわたしを置き去りにしていった
夏の終わりに

実りを刈りとったあとの干上がった田んぼ
稲藁を焼く煙に燻されて
わたしに実ったものも実らなかったものも
みんな刈りとった
秋の濃い夕暮れに

つまりは
見え過ぎているわたしを抱えながら
見えないあなたを追い続ける
日々だった

冬に始まり
冬に終わる
巡る四季の輪の結び目に

いま新しい雪が降る

冬枯れの野原に
裸の樹々の枝先に
わたしの頬に
両手のひらに
待ちわびていた雪が降る

染まった色を捨てて
保護色のうさぎみたいに
雪の野原を飛びまわるわたしの
残す足跡さえも
すぐに消し去る雪に包まれて

いま
自然も
わたしも

漂白のとき

ミルキー・ウェイ

真冬の二十四時
薄氷の窓ガラスをノックして
わたしを呼ぶ声がする
凍りつくドアを無理に開けば
そこから続いているミルキー・ウェイ
スクリーンの画面のような彼が立っていた

よく二人で眺めたね
この星たちの川を
今夜はいっしょに滑ってみよう
形のない僕に語りかけてくれたことは
みな届いている

呼吸し続けるいのちのように
言葉は通い合わなくても
君が感じとってくれた形のない僕は
そのままの僕だから
生と死の断絶をもう問い詰めるなよ
こんなふうに考えてみたらどうだろう
生も死もひとつの流れ
〝生〟は形のなかの死の律動
〝死〟は形を失った生の継続なんだって
君のいるところならどこにでも
だから今まで通りにときどき話しかけて
くれ

わたしは何か言おうとして
何も言えなかった
マイナス二百七十度の宇宙の闇
そこに浮かんでいる星たちの渦巻き

わたしたちも
このゆるぎないバランスの一部だと気づく

送ってあげるから眼を閉じるように彼は言った
どれほどの時間が過ぎていたのだろう
わたしの住む世界の二分
あるいは二秒

もとのドアのまえに立っていたわたしは
いま巡ったばかりの
夜空に架かる星たちの川を見上げた

海に降る雪

もう一年が過ぎてしまったのに
かなしみが癒えないよ
ポールがかぶっている小さな雪帽子を
溶かす春はやって来るのだろうか
あの日からずうっと
わたしには冷たいなにかが降りっぱなしだ
なにもかもが光を失って見えてしまう
その時はプッと笑って答えたわたしだったけど
地獄って本当はこの世の事だぜとか
あと一%の愛があれば色んな事が解決するのにと
か
そんな君の言った言葉が
いま不思議な力で立ち上がってくる
自ら閉じようとしていた君の眼には
生き続ける限り見えはしないものが
すでに見えていたのかな
それぞれの翼を信じて若葉の色に染まっていた
ポプラの樹の下で
陽射しに負けない想いの熱さを計るみたいに

重ね合わせた素肌の背中から砂がこぼれ落ちていた
この浜辺で
こんなふうに赤や黄になって散りたいねと
落葉の上をころげまわった
あの森のなかで
わたしたちいったい
なにをしたというのだろう
みなこの海に沈む雪と同じだ
すべては落下する
心の奥の昏い海に
やさしく降り積もっていく
だからいつまでも思い出に苦しむのさと
君は突然ポケットから飛び出す北風となって
降りしきる雪のなかへ
わたしを舞い上げた

詩集『水の中の小さな図書館』（二〇〇二年）抄

包みこまれるままに

街の灯から
その音からも
遠くはなれて

聞こえるのは
草やぶの底を流れる水の音だけ
この闇のなかを飛ぶ光の粒子
無数のホタルの点滅

大切なただひとつを守るために
あれはイヤ
これもダメと

わがままに走っていたけど
壁にピンでとめたお気に入り
夏の空を元気に泳ぐペンギンの
トリック写真では
もうわたしを励ましきれなくて

意識を剝がす
衣服を肉を剝がす
骨のすみずみにまで
ホタルを招き入れ
光る骸骨になって踊る
わたしを見ている

闇を水をホタルを
放ったのと同じやさしさで
わたしを見つめている

そのまなざしは
どんなに深いのだろう
包みこまれるままに
だれにも見せなかったわたしを
いまひらいてゆく

森の隠れ家

風が通る道を探して
たどり着いた森は
霧の雨にぬれていた

朽木を緑に染めている苔の絵具
半ば折れ川に浸りながらも葉をつけている幹
岩をまたいでまでむき出しの根をのばす古木

それら在りのままの生命力が
生と死を隔てずに
いのちの輪をまわしている
森のすべてがやさしくて

囚われ続けるわたしの想いが
また呼び戻してしまう
こいしいひとは死の国から
形なき者の形もうっすらと
立ち現れる

背中に負った砂時計の砂を
しずかに抜いていく危うさで
私を少しずつ解きながら
森の一部に変えていく

冷たい岩の陰
生い茂る夏草のヴェール
水煙をあげる滝の壁が
わたしたちの隠れ家

数十億年かけて蘇生する
いのちの進化を夢みつつ
衝突と合体をくり返す
原始の地球のよう
わたしたちは震えながら
そっと時の扉を閉じた

月が折れそうな夜に

やっと手に入れた
ほそい月のナイフ
琥珀色のその刃で

わたしたちを縛っているロープを
そっと切る
いつも
背中あわせにされていた
ときどき
背骨をゆらして確かめてみたり
呼吸をひとつに重ねることで
理解しようとしたり
こんなにも近くて
でも
ほどかなければ
永遠に遠い距離を
ずうっと放浪し続けていた
やっと手に入れた
ほそい月のシーソー
その両極にわたしたちは腰かける
はじめて見る互いのかたちを

とてもよく似ていると思う
似ても似つかない心と思う
あなたが上れば
わたしはとめどもなく堕ちてゆく
わたしが上れば
あなたがとめどもなく堕ちてゆく
それでも
やっと手に入れた
ほそい月のカヌーで
漕ぎだそう
宇宙は泡構造だという
銀河が一個もないその空洞部分へ
光と闇の
あなたとわたしの
本当の意味が記されている
書物のページをめくるために
愛しさと同じ深さで憎んでいた

庇うほどに傷つけていた
きっと
一ミリにも及ばない誤差だったろう
月が折れそうな
この夜が終われば
わたしたち
何もなかったかのように
還るのだから

雪、霧の朝に

冷気がほほを突く

こんなふうに
かたちのないあなたに
抱かれていたい

ずうっと

降り積もったばかりの
雪の上を
低く流れてゆく霧
見えているものを
危うくしながら
溶かしながら

楽しいことはすぐに忘れた
いやなことはいつまでも覚えていた
困ったわたしだから
いつも記号だけで武装していた
置き換えられないものは
切り捨てた
痛いと言って
素直に泣かなかった

そんなわたしを
あやしもせず
諭しもしない
でも
こんなにも隙間なく
包みこまれていたなんて

ただ真白くて
表面が霧におおわれている
ものはみなかたちがなく
想いだけで漂っている
かつて住んでいたのは
そんな星だった

遠い地球に流れ落ちてきて
はるかな時のなかで
かたちを得たわたしは
そのことを
忘れていた

息吹

どんな深い闇を潜りぬけて
この体内へと辿り着いたのだろう
名前を呼ぶ声は少ししゃがれていて
痛みが増す
そこに横たわるのは
まだ冬枯れのままの平野

まだらになって消えていく雪のなかから
顔を出す草たち
忘れかけていたいのち一本一本を

起こしながら這っていく指先は熱くて
眼を閉じると泣きたくなる

芽生え始めた裸木の枝々
それらに向かって手足をのばせば
〝人には人の翼があるのに〟と
やわらかな感触が
背中を探っている

長い冬の眠りを生きて
なにをどれだけ漂白できたのかと戦きつつ
なおも眠り続けたい
いや目覚めたいの間で
だんだん強く揺らされていく

まるで雨音のように響く
雪解けのしずく

その小さな一粒一粒に宿るきらめきを
宙へと弾きながら

隠れんぼ

数えすぎたのかな
鬼のわたしが振り返ったとき
もうどんな気配も消えていて

この隠れんぼ
はじめから一人芝居
のような気がして

目隠ししながら聞いていた
さっきまでの
雨の音は嘘みたいに

晴れあがった森
雲の切れまから光が漏れる
生まれたての葉たちが
いまにも落ちそうな滴をのせたまま
小刻みに震えている

あたりを包むうすい霧が
わたしの髪も
蜜のように濡らすから
心の深くへと飛び降りて

もういいかいと
思いっきり呼べば
もういいよと
幽かな声がして

いまなら潜れる
霧の扉はたやすく開き
わたしはわたしの外へ

そこにはきみがいて
輪郭だけで透きとおるきみがいて
もういいかいと幽かな声で尋ねる

もういいよと答えるわたし
振り返れば
大きな木の下で
眠っているような
わたしが見える

灰色の森

沈みそうな日には
気づいてほしくて
わざと
もっと深みにはまってみた
いつも無意識に探していた

ずいぶん登ってきた道
泥んこの道
残してきためちゃくちゃな足跡など
もうどうでもよくなって
振り返ったりはしなかった

五月だというのに
新緑が始まっているというのに
ここは
陽が少ししか届かない場所
心の奥の
隠していたいでも誰かに晒したい空間

まだ雪が大地を覆っている
葉もなく裸のままの森
折れそうな幹を高く垂直にのばし
若いブナの樹々は
灰色の樹皮を連ね
ひたすらに空を指す
灰色の霧を流す

瞳を閉じ瞳をひらけば
やっと会えた
なつかしくやさしい気配に

抱きあげられている
もみくしゃにされている

もみくしゃにされるたびに
同じ過ちを何度でもくり返す愚かさで
未知に向かってかたい扉を
壊れるほどノックした

体内のすみずみを走る
血液の流れを追うように
灰色に染まってゆく顔を押しあてて
幹が大地から吸いあげている
水の音を聞いていた

水の中の小さな図書館

もうこんなに強くなったのかと思う
春の陽がさしこむ部屋で
ゆっくりとまわっているシルエット
父が本を読んでいる
うつぶせ頬杖をついたまま
いやなことは何も覚えていない
鉄格子の入った病室にいる母が
しわしわの顔で
一番しあわせだったという少女のころの服で
本は嫌いよと言いながら
本棚の本を落としている
わたしは本の背表紙を指でなぞり
それを読んだころを思い出して

熱くなったり冷たくなったり
そのたびに全身に亀裂が走り
ジグソーパズルの絵になっている

わたしが家を出て
父が亡くなって
母がおかしくなって
だれもいなくなってしまったこの家
邪魔にされていた父のおびただしい蔵書
活字中毒は父の遺伝子
別の街に住みひとりの部屋がいっぱいになると
わたしの本もここに運んでいたから
いまでは足の踏み場にも困るほど
ここを密かに小さな図書館と呼んだ
眼を閉じ耳をすませば聞こえてくる水の音
過去からこぼれ落ちてくるのだろうかこのしずく

いまを迷いつつ降り注ぎ
やがて未来を探しあぐねて
だんだんはげしく打ちつけてくる雨のよう
水に沈むこの部屋
どんなにあふれても水に濡れることのない
わたしというヒトのかたち
なのにこんなにも水浸しになってゆく内面
フッと息を吸いこむと
たちまち崩れ散り離されてしまう
それでも分解されずに余るもの
灰色の星雲のようにくすんで残るもの
それらを両手ですくいあげ
そっとくちづける
くちづけるものの唇のぬくもりが
またわたしのリセットボタンを押している

陽に沈む家

1　ジャングル

玄関の戸をあけると
いつだって線香のにおい
父の葬式後だれも住まなくなった家

たまに私が重いロックを外し
窓をあけて外気を入れ
仏壇を開いて線香を焚くだけだから

ここでの流れは
最後まで住んだ父と母の気配とともに
静止している

月別カレンダーに直接書かれたメモ
ライスボックスに残されたままの米
冷蔵庫で腐敗してゆく飲料水
日常を残したまま
突然の停止を告げている
ただ掛け時計だけが
だれのためでもない時間を刻んでいる

塵がつもり蜘蛛の巣がはり
襖と敷居の間には
ねずみが削った木屑がある家

アンコールワットの遺跡が
樹々に包囲されてゆくように
ゆっくりと音もたてず

この空間にヴェールをかけて
密林に変えてゆくのは
だれのどんな力なのだろう

それでも
呼吸をやめたものたちの
陰の生活は続き
ここへやってくるわたしにいつも
現実への疑わしさと
その背後に横たわる
解けない世界の深さを
想わせる

2　食卓

この家は陽に沈みかけている

ギクシャクしてばかりいた家族四人には
ふさわしくない丸いテーブル
みんなのわざとらしい笑顔

父がうまそうに常温の酒を呑んでいる
母は片時も箸を休めない食欲
兄は視線の定まらないしぐさばかり
わたしは食事が喉につかえ
吐き出しそうになってもほほえむ

つじつま合わせのわたしたちは
典型的な家族団らんを偽装する

心のルーツが貧しければ
築く未来も貧しいなんて
嘘だろう

四年前に父は眠ったまま急死
最後まで父とは和解しなかった母は
何も清算しないまま
そのあと発狂して病院生活
兄はとっくの昔に放棄の行方不明

わたしだけが出遅れてと
心の暗い壁に落書きするのにも
もう疲れてしまったから

まわるまわるテーブル
ここに集うみんなは
偶然の寄せ集め
全部捨てる

捨てても捨てても
わたしのなかで生き残るＤＮＡが
否定とともに
伝達されるのだから

3　残したものは

朝の陽はもう射さないだろう
この家はジャングル化して
思い出だけの家族四人は
別々の生き物になり
この家に住み続けることを夢見る

おしゃれだった父の洋ダンス
裕福な家のお嬢様だった母の和ダンス
兄が生活を変えるたびに
不用品を送ってよこしたダンボール箱

どれもいまは
あけてはならない
だけど
一番あけてはならないもの
この家の毒に満ちた笑い箱の
ふたがあいてしまう

笑いやすい気質は
気分の重いルーツからくる自己防衛なのか
子供のころから
おかしいときには当然
厳粛なときも
泣くべきときにさえ
つい笑ってしまったわたしだから
いま
意味不明の笑いが
とめどもなく押し寄せてくる

あまりの笑いに
洋ダンスから和ダンスからダンボール箱から
父が母が兄が飛び出してくる
父と母は様々な衣装で気取り歩き
呆れた生活を物語る不用品をかかえて
兄がうろちょろする
たくさんのコピーの父が母が兄が
この家にあふれている

4　未来への記憶

バラバラな家族だったけど
みんなが好きなものは本だった
父は
豊かではない生活の豊かさを求めて

ローンを組んでまで本を集めた
美術全集　百科事典　文学全集
あやしい本もいっぱいあった

それらの本を
子供のころからわたしは
気まぐれにつまみ読みしていた
読みなさいと言われた本は
つまらないと読んだふりをした
まだ早いと言われた本は
隠れてでも読んだ
三人が読んで残した本を
洋間に集めた
わたしが家を出てから読み集めた本も
ここに
運んでいたから
床も壁も本で埋まった

本の匂いは大好きだ
ここにうずくまっていると
それぞれの本のなかから
ささやく声が聞こえてきて
それらを
子守歌のように聞いているのが好きだ

ひとひとりの一生が
どれくらいの本の時間を生きられるのか
分からない
分からないけど
読んだ本の数だけ叫びがあって
その叫びが
記憶となって
未来を掻き毟っている

詩集『ラピスラズリの水差し』（二〇〇六年）抄

空き家の夕食会

いまは古い空き家になってしまった
蜘蛛の糸が絡まる玄関先で
重い引き戸をあけると
気配だけの父が待っている

お盆だから
みんなが帰ってくるから
年に一度この日だけの夕食会

久々に火を使う台所
まな板に包丁の音を響かせて
野菜を刻んでいるのは
わたしだけどわたしではない

グツグツと煮え立つ鍋を
覗き込んでいるのは
わたしだけどわたしではない

この家に受け継がれ食べ継がれてきた
素朴で美味しい料理を作ろうと
張り切っているのは
わたしだけどわたしではない

この家に生まれ育った記憶を懐かしむ
過去に連なる亡き女たちだ

やがて
迎え火に呼ばれて
知っている人も

古いアルバムで会っただけの人も
しずかにやってくる

人はいつかは消えるもの
消えたあともゆるやかに思い出を巡るもの

たくさん並べられた料理
みんなの楽しそうなおしゃべりが聞こえる
仏間で
そっと目を閉じる

この一族の
もうわたしが最後の一人だから
目覚めたときには
せめて
料理もいっしょに消えてほしい

秋のチェロ

傾き始めた午後の陽が木々の間からもれて
いまにも散りそうな葉の黄や赤を際立たせている
落ち葉が敷き詰められた細い道は
いっしょに歩いた過去をめぐる記憶の道

後ろからそっとついて来るような
ワッと驚かすために先の角に隠れているような
そんな気配と戦いながら
ついにはその気配に馴染みながら

やっと辿り着いた青池*は
木立に囲まれた小さな深い器にあおを湛えて
過ぎていった時間を消してしまう

見下ろせば地へとつづく扉の藍色
ほとりに佇めば空への気化を促す淡い水色
沈む倒木も泳ぐ魚たちも映す透明度が
見入るものを拒みながら誘っている

十年前のあの日あの夜
岸辺の月光に濡れた階段を
チェロを抱えて降りていった若者が
この池の底で
ずうっとずうっと待っているよと
わたしにも分かる鳥の言葉で告げた
一羽が葉の陰から飛び立つと

池の中の閉じられていた世界はひらき
そのひとが弾くチェロの重低音が響く
夕暮れどきに同じ曲を弾いていた後ろ姿のままで

わたしが受け止めつつも
この世では支えきれなかった重さのままで

＊ 青森県の十二湖に点在する池のひとつでその神秘的な色の訳は謎とされている

花あかり

夕闇があたりを包むころ
二千六百本もの満開の桜が
白く浮き立ち花あかりを灯す

花いっぱいの枝が地面にまでのびている
シダレザクラの古木によりかかり
花の檻のなか
花の囚われびとになっている

目を閉じると
足元を浸す水の流れがゆらめいて
目を開くと
その小さな川をはさんだ向こう側の
花あかりの下で楽しそうな宴が

父や叔母や悪友のりょうこちゃんや
みんなもうこの世を空席にした人たちの
陰が微塵もない明るさ軽さ
その笑顔はすぐそこなのに
その笑い声は遠く隔てられて
とぎれとぎれに届く

さっきから
背中だけで顔を見せないひとの
名前を呼んでみた

何度も呼ぶと
いきなり振り返った眼差しは
あの日のままの切なさで

川を渡ってこちらへやってくる
星粒のような水しぶきに濡れて
かすかな風にも誘われて散る
花びらまみれになって

ラピスラズリの水差し

遠くまで南下してきたわたしを待っていた
閉館時間が迫っていた美術館で
ひっそりとガラスケースのなかに沈んでいた
四百年以上も前のフィレンツェからやって来た
ラピスラズリの水差し

その深い瑠璃色
点在する小さな金色の粒々が
時をこえてめぐる星空を想わせた

両手で包める大きさの水差しの
曲がるストローのような注ぎ口が
わずかに傾いて流れ落ちる水

音もなく
色もなく
ガラスケースを満たし
佇むわたしを満たし

おいでと
微かに呼ぶ声がして
ラピスラズリの深い瑠璃色に溶けていく

限りある身体が囚われていた時空が外れ
やっと会えたね

つなぐ手の温もりが
ともに生きられなかった物語を揺らし
わたしたちは誕生と消滅を繰り返す星のかけら

もう戻らないだろう
かなたに飛んでいったわたしのひとかけらを残し
急ぎ足の靴音を残し
美術館の外へと

誕生日の贈り物

四月、誕生日のその日

夜に宅配便で荷物が届く
差出人の住所や氏名までが
わたしになっている
こんな悪ふざけをする人物の心当たりは
男子一名　女子一名
でも二人ともこの世にはもういない
わざわざあの世からの贈り物かと
わたしが正座して入りそうな
大箱の包みを開ける
気味が悪いほど軽い
リボンをかけた蓋を外すと
中にひとまわり小さな箱が
ふん、そんなことかと
その箱を出してリボンを外し蓋を開け
次の箱を出してリボンを外し蓋を開け
手が慣れて加速し
それに比例して脳内は熱くなり

箱、リボン、蓋、箱、リボン、蓋
この単調な作業をよそに
窓の外だけが変化していく
夜が明け午前となり午後となりまた夜が
春は去り夏が来て
秋はあっという間で冬になり再び春が
窓の外をまわる時の流れなど
お構いなしに
この作業はすでに快感となって
もう米粒大になった箱
フウッとため息をもらしたとたんに
吹き飛んで消え真っ暗になった
誰かがリボンを外し
蓋を開けて
わたしを箱から出そうとしている
気配がする

スースー

もう自然の恵みではないんだね
お肉もお魚も
無害にするために
もっと猛毒にするなんて

みな食べた害になった
その後で分かるから
胃がむかつくたびに
緑の胃薬を流し込んでは
スースーさせる

テレビのニュースは
すでに選別された情報だから

重大なものほど怪しく臭うから
ミント系の空気清浄剤をスプレーして
スースーさせる

あれもこれも
なんでもパソコン処理で
痛くなった目にはクールな目薬
毎日、点滴のようにさして
スースーさせる

この際だから
なんでも冷やして
誤魔化して
スースーさせて

誤魔化しきれないときの頭痛には
こめかみにメントール入り軟膏

塗りすぎて
目にまでスースーがきて
出てきた涙が本音を連れてきて

この世は
こんなにスースーが必要な
変なところになったと
あの世の大好きな人に告げ口すると

あの世らしい風が吹きつけてきて
もっとスースー
脳内はからっぽになってスースー

リバーシブル

浮かないわたしを促し
きみが外へ運んだテーブルは
地面からほんの少し浮き
席についたわたしの足も浮き
なんだか落ち着かない

並べられた料理はどれもみな
現実を包囲しているいやなニュース
そのまずいソースがどっぷり沁みて
ナイフもフォークも止まってしまう

両手を広げて喜ぶことも
身を捩って泣くことも

忘れさせるほど
しずかに休みなく
心の浸食は続いていたから

いやがるのをなだめ
こんなに汚れているよと
わたしのアンテナを
キュルキュルみがき始めた
きみの感触がくすぐったく

ゆっくりと注いでくれた
アルコールの深い海
少しだけ
あと、ちょっと
ほら、グイッと

のぼってきた満月が

濃い蜜の色をして引いてくる
視界は画像のようにゆらゆら
皮膜となってゆらゆら
ゆれている

きみはその皮膜に指を入れて
穴をあけ
片方の目だけで裏側を覗きこみ
満足そうにうなずき
さあ、ひっくり返すぞ、と叫んだ

まばたきの一瞬だとしても
ふざけないで
何も変わってなんかいないわ
そのままのテーブル
そのままの眺め

あれっ、満月が青い
青く変色した満月を指差して
フフと、きみは笑う
よく見ろよ
あれはさっきまで居た
地球だぜ

三つの空っぽのエピソード

一

レストランで料理を待っていると
体内に流れ星が一個落下した気配が
蒸発が始まっているのか熱さを感じた

なんだかトイレに行きたくなった
我慢できずに席を立った
用事を済ませすっきりとした気分で
手を丁寧に洗った
顔を上げてふと鏡を見ると
わたしの姿だけが映っていない
逃げるようにさっきの席へ戻ると
わたしとそっくりのわたしが
美味しそうに料理を食べていた
こちらを見て、クッと笑った

二

実家に行く途中で
誰かが待っている雰囲気が欲しくて
携帯電話を取り出した

執拗に鳴らした呼び出し音にも飽きて
やめようと思ったとき受話器を取る音がした
「父さんなの？」
（早く帰って来いよ、母さんとかわる）
「もしもし、母さんなの？」
（チョコレートが食べたい、お兄ちゃんがかわ
　ってて）
「あのぉ、お兄ちゃん？」
（おお、ビールも買ってきてくれ）
電話は切れた
チョコレートもビールも買って実家に着いた
半ば錆びて軋む玄関の戸を開けた
葬式以来こもっている線香のにおいがした
すでにみな居なくなってしまった
もう誰も住んでいない空き家だった

三

見えるものが怪しい
見えないものはもっと怪しい
待っていた新月の夜だ
わたしが入っている器を
ひっくり返して空っぽにし
次元と次元の橋渡しをする闇の
らせん階段をどんどんのぼってゆく
もうすぐ先端だ
もうすぐ滑り込める

詩集『見え隠れする物語たち』（二〇一二年）抄

新雪の朝に

年末特集映画チャップリンの「キッド」に
思いっきり笑い思わず泣いた
大掃除の最後に埃まみれの古い箱をあけると
色あせてはいたが遠い日々が蘇った

もしかしてと触れれば
まだある背中の翼は汚れ傷んで
もう飛べないかもしれない不安から
重いポケットというポケットを裏返した

年内に読み終えられない一冊の
やわらかな物語のなかにもぐりこみ
除夜の鐘といっしょに眠りについた

わたしを目覚めさせた予感の扉
窓の外は異常に明るく
小鼻をくすぐる氷点下の冷気
そっと玄関のドアをあければ
一夜にして
何もかもおおい尽くした雪、雪、新雪

少しまえに
このドアを訪れて祝福を残し
しずかに去っていった足跡だけが
新雪に残る光の足跡だけが導く
その先へと
背中の翼がひらく

わがままな雪男

鼻先が　冷えて折れそう　はく息が　ふとんの衿カバーを濡らす　氷点下の夜　降る雪のゆらぎが　体内にまで寄せてきて　溶けだした眠りのそばで　２０１０年の雪男が　ささやく

（さびしいから俺の子を産んでくれ）

慌てて　ベッドから飛び出し　出直すために飲み残していた甘酒を　沸かしていると　となりに　やってきて

（俺はホットワインにしてくれ）

と言い　お腹がすいているからと　作り置きの　ゆでたまごを　塩無しで　４個も食べて

（子を産むかわりに面白い話の卵でもいいぞ）

と言い出し　それなら　得意中の得意と　張り切って始めた　物語りも　大笑いの後は不機嫌になり　涙また涙の後は　どっぷりと暗く　よく見ると男前　その沈みがちな瞳に舞う　ダイヤモンド・ダスト　凍りついた髪の毛は　透きとおり　触れあえば　わたしの井戸の底　望みに当てられた　光と影のよう絡めた指がほどけない　ほどけないままいっしょに　翼のある雪の馬に乗る　不安げなわたしに　雪男が　苦笑しながらつぶやく

（もう戻って来られないかもな　フフフフ）

野菜の卵ソースグラタン

白かぶを皮付きのまま
ざく切りにすると
シャベルで切り込んだ
雪の層を思い出す
雪かきの足腰が痛むけれど
固い茎を削ったアスパラガスで
囚われていた冬に楔を打とう
人参も皮付きのままの厚切りで
淀む想いを目覚めさせ
玉ねぎさえも粗く切って
怯えている気道をひらかねば
台所のカレンダーがめくられ
季節が変わろうとしているのに
閉じ込められていた雪のなかで
漂白できなかったものが
わだかまるから
切った野菜を乱暴に炒め
卵を割り生クリームを注ぎ入れ
滅入る気分を
なだめ庇うように
ゆっくりとなめらかに
卵ソースを仕上げていく
野菜たちの色彩に励まされたくて
透き通った耐熱ガラスの器に盛り
なかほどにたっぷりとチーズを入れ
包むように卵ソースをまわしかけ
二百度のオーブンの中で
まわる器をながめながら
明日はシベリアへ帰るという

白鳥たちを招き
このグラタンと白ワインで乾杯をと
裏窓をそっとあければ
芽吹くものすべてを試すのか
春の淡雪が舞っている

翼の記憶

背中が
少しだけ痛いのは
剝がれて消えた
翼のせいだ

空高く
輪をひくトンビ
草花から草花へ
光を零しながら飛び交う
トンボや蝶たちのように

遠い日々には
わたしも飛んでいた
飛びながら
めぐる季節を
忙しなく描いていた

翼を失ったいまでも
季節が移る頃になると
早く描かなければと
透明な触角がのびて
風に溶けている言葉を
つい、拾い集めてしまう

人間ではないものたちの

おしゃべりが聞こえない
固い地面の上を
窮屈な靴で
歩きながら

蛍まつり

私とおんなじ夢のなかで
まだ待っているかしらと
心の笛を吹いてみる

森の奥深く
細い水脈が
夏草に見え隠れして
のびている小道
蛍の里

生と死のあわいがひらく
蛍まつり

蛍になったひとを訪ねて
みんなが集まってくる
私も
笛を吹きながら
なつかしいひとを
呼んでみる

やがて
辺りはとっぷりと暮れて
あちこちに見えてくる蛍の点滅が
暗い森をもっと暗くする

差しのべた手のひらから
闇に染まり闇に消えてゆく

私のかたちを
ゆっくりとなぞっている
ひとつぶの蛍火が
私をくすぐる
……ほら、ここだよ……と

夏の帽子

浜昼顔が咲いている
灯台へと続く砂浜を歩くと
足も心も
熱い砂にめり込んでいく

雲の白　灯台の赤　海の青
何十年もまえと変わらない眺めが
遠い過去をたやすく戻すのに

もう少女ではなくなった姿は
どうしようもなくて

突然の強い海風が
つばの広い夏の帽子を吹き飛ばす
慌てて振り返ると
ずうっと先を
十代のわたしたちが走っている

あの日も
海風が強くて
やはり帽子が吹き飛んで
いっしょに走って追いかけたけど
帽子もお互いも見失ってしまった
長かった別々の帰り道

いまはただ

思い出をゆるくまわしながら
あのころのように少しふざけて
たくさん降り積もった
砂時計の砂に埋もれるのが心地よく

遠ざかる夏の帽子を見送ったなら
やっと
めぐり逢えた
地上数センチを離れ
あなたは宙へ
わたしは地へ

北の火祭り

二基のかがり火が点火されると
空が赤みを帯びてかすみ
何本ものたいまつが炎をゆらして
四方に走り去る

北国の短い夏の終わりを告げる
新田火祭り

この一帯を開墾した遠い祖先の
霊を鎮める祈りの炎は
胸に眠る親しい霊をも呼び戻し
炎のなかにそのひとたちを見ている

……父さん
炎の壁の向こうは
いったいどんな世界でしょう
くぐった父さんもみんなも
なぜ
二度と戻らないのでしょう

少しずつ異変に傾くこの大地の傷みは
わたしたちが生き継いできた過去とは
無縁のように錯覚しながら
やがてはくぐる炎を見ている

焼かれるものの形を奪った炎は
ついには燃え尽きて
火の粉となって地を這いながら
すべてを闇へと返し

いつかは消えるものたちの
はかなさを照らし出す火祭りの
フィナーレは打ち上げ花火
くすぶる想いが空へと放たれる

月を釣る人

十三夜の月を招き入れようと
縁側の引き戸をあけると
月が微笑みかけてくるので
そっと触れてみたくなる

……つめたく指が濡れるかしら……

木箱のなかで眠っていた
朱塗りの杯を目覚めさせ
封を切る機会を見つけられずにいた
古酒をなみなみと注ぎいれ
縁側に腰掛けて
杯に月を浮かべると

想いの震えは手先の震え
浮かぶ月の震え
指で触れると芯まで湿り
月の息づかいが伝わってくる

……ねがいも伝わるかしら……

目を凝らすと
杯はひろがり古酒の池はひろがり
岸辺でひっそりと釣り糸をたれる人
くたびれた帽子で顔が隠れていても
はみ出たとんがり鼻ですぐにわかる

……このようにしか逢えなくても……

やがて水面に波紋がたち
たわむ竿を押さえながらその人が言う
「引いている　月が引いているぞ
さぁ、杯を一気に呑み干してくれ」と

夕餉の支度

西の空が薄赤く染まるころ
(行こうよ…)と
背後から近づいてくる闇に
負けないように
わざと音を響かせて野菜を切る
同じ生きものの生臭さで
包丁に力をこめて魚をさばく
沸騰する鍋のふたを取ると
いきなり吹きかかる湯気が
何もかもを
眠りの夢に変えそうで

思わず開ける窓
外は沈む陽の色になり
虫たちの奏でるヴァイオリンは
高く低く余韻を引き
(行こうよ…)と
すすきの穂のたてがみをゆらして
幻のけものたちが駆けていく
その先には
いつも気配だけで背中合わせの国
夕暮れのさびしさの訳を
知っている国がある
毎日、いまごろ
その国行きの列車が停まる駅が
かすかに見える
(行こうよ…)と
宙から下りてくるレール
宙へと消えるレール
今日も乗りそびれて
列車が走り去る音だけを聞く
魚の美味しいスープは
煮えたけれど

未刊詩篇

睦月のうた

新《あらた》しき年の始めの初春の今日降る雪の
　いや重《し》け吉事《よごと》
　　万葉集（巻20・4516）大伴家持

ふ　ふ　ふ　ふ
　ふ　る　る　る　と
降る雪は
遠い世界からの贈り物
千年まえからの祈り
いまある重いものは
みんな手放して
体内のすみずみで
受け止めよう
ゆ　ゆ　ゆ　ゆ
　ゆ　る　る　る　と
舞う雪に託し
遠い世界への贈り物
いまある温もりを
いっぱいこめて
千年さきへ
祈りを届けよう
だれかがきっと
体内のすみずみで
受け止めるよう
ちくりと刺す痛みも
ひとつだけ入れて

「陸奥新報」２０１２年１月13日（金）

如月のうた

あしひきの山に白きはわが屋戸《やど》に
　昨日の夕降りし雪かも
　　万葉集（巻10・2324）作者不明

分かってはいても
つい
文句を言ってしまう
余りにも降り過ぎる雪に
何もかもが埋まりそうで
はちみつ、練乳、ふりかけて
イチゴ味やメロン味も用意して
巨人族に楽しんでもらおう
かき氷

それでも
追いつかなくて
雪かきの体力も限界ギリギリ
思わず見上げる空から
きりも無く落ちてくる
凍った紙ふぶきにまみれて
くるくる舞って
まわって
霞む
はるか向こうには
さくらの花びらがふぶく
春が広がっているのになぁ

「陸奥新報」２０１２年2月10日（金）

弥生のうた

石走《いわばし》る垂水の上のさわらびの
　萌え出づる春になりにけるかも
　　万葉集（巻8・1418）志貴皇子《しきのみこ》

まだ
見渡す限りの雪野原
でも
光る雪粒の
あちこちから
顔をのぞかせた
空の色したかたちが
見えるから
瞳を閉じて

指先を震わせて
霞みのような
春待ち草を摘む
ひとつ摘むたびに
ささやかな
ねがいをひとつ
ちいさな
誓いをひとつ
心の画用紙
いっぱいに
摘みたての
春待ち草を描くと
体内のすみずみに
春の小川が
流れてゆく

「陸奥新報」2013年3月8日（金）

卯月のうた

み雪降る冬は今日のみ
　鶯の鳴かむ春へは明日にしあるらし
　　万葉集（巻20・4488）三形《みかたの》王《おおきみ》

前髪をゆらす風に
春を見つけたなら
遠い星へ行くという

すぐに帰るよと言いつつ
守れない約束なのだと
分かっていたけれど
だれもがみな独りきり

そうつぶやいて旅立つひとの
少し苦しげな息遣いに
ただ
耳を澄ますしかできなくて
忘れないでと舞う春の雪
迎えに来たよと吹くそよ風

そっと
扉を開け
見上げれば
空に舞っているのは
もう
雪じゃない
淡い花びら

「陸奥新報」2013年4月10日（水）

皐月のうた

春雨はいたくな降りそ桜花
　　いまだ見なくに散らまく惜しも
　　　　万葉集（巻10・1870）作者不明

春が来てすぐに
この家の主が倒れ
雪に押されていた
家を囲んでいた板塀も倒れ
なかで淀んでいた暗い粒子が
いっせいに飛び散り
　（暗い秘密も零れ出て…）

庭木が引き抜かれ
配置した石がどかされ
更地になった庭
家と同い年の桜の樹も伐り倒され
　（倒れた瞬間に家も傾きそうで…）

雪とともに消えてしまった主と
いっしょにいきたかったと
夕暮れになれば
家もあちこち軋んで嘆くから
　（そのたびに雪解け水が氾濫し…）

今にも咲きそうな花芽がいっぱいの枝々
伐り倒された桜の小枝を両腕に抱えて
　（花が咲くのは、いつ、どこで…）

みんな、みんな、いったい、どこへ、と
歌うようにつぶやくように

新月の夜
最後のひとりが
この家を去る

「陸奥新報」２０１３年5月8日（水）

水無月のうた

恋しけば形見にせむとわが屋戸《やど》に植ゑし藤波
　　いま咲きにけり
　　　万葉集（巻８・１４７１）山部赤人

うすむらさきの花房が
風に微かにゆれて
光をやわらかに遮る
藤棚のなか
花の傘のなかに
佇む

毎年
この季節だけ
ほんの短い
めぐり逢いだけど
藤棚の下での思い出のなかに
わたしたちは戻る

あれから
どれほどの時が過ぎても

まるで
昨日のつづきのように
おしゃべりは
尽きない

夕暮れが来たなら
あなたは西の国へ
わたしは東の国へ
別れてゆくのだけれど

「陸奥新報」2012年6月8日（金）

文月のうた

天の川霧立ちわたり彦星の楫《かじ》の音《と》聞こゆ
　夜の更けゆけば
　　万葉集（巻10・2044）作者不明

織り姫の星ベガが輝くこと座
ひこ星のアルタイルが輝くわし座
ほかにも
さそり・ヘルクレス・へびつかい…

神話の星々が
またたきゆれる
七夕の夜空を見上げていると

かすかな水の音とともに降りてくる
天の川の流れが足もとを照らし

向こう岸で
みんなが手を振っている

なつかしいひとも
ついこの間までこちらにいたひとも

背後が透けて見える儚さで
ほとんどかたちも薄れて

それでも
明るく手を振っている

「陸奥新報」２０１３年7月10日（水）

葉月のうた

夏の野の茂みに咲ける姫百合の
　知らえぬ恋は苦しきものそ
　　万葉集（巻８・１５００）大伴坂上郎女《いらつめ》

異界との境界が消える
逢魔が時
木陰に
椅子とテーブルを出す
微かな風が
葉先をゆらす

硝子の杯によく冷えた酒を満たし
レタス、パプリカ、ラデッシュには
オリーブ油と岩塩とバルサミコ酢を
強く想えば願いは叶うもの
飲んで
もっと
飲んでと
影のわたしにもすすめ
傾き濃さを増す陽の光が
夏草をすり抜けて届く風が
わたしをもゆらし
「独りの酒はつまらないだろう」と
とても遠くから耳元でつぶやく声
草の海をかきわけてやって来る
その声のひとと

陽が沈む
向こうへと
泳いでゆこう

「陸奥新報」２０１２年８月10日（金）

長月のうた

み空行く月の光にただ一目相《あい》見し人の
夢《いめ》にし見ゆる
万葉集（巻４・０７１０）安《あ》都扉《とのとびらの》娘子《おとめ》

苦い味の昨日がまだ舌に残っている
体内にも熱い砂が吹き荒れている
眠れない夜にそっと
忍び入る月の光
光の果ての
まるい鏡に
映るひと
いきなり
振り返る
瞳に
突かれ
うつつとゆめのあわいへと
こぼれるわたしを抱きとめるひと
熱でたわむ骨を弾き
湿った痛みを
闇に放つひと
わたしたちの
影がゆれる
重なる
月の光に
透きとおる
やがて消えるはずの…

でもどこへ

神無月のうた

「陸奥新報」２０１３年9月11日（水）

秋風は涼しくなりぬ馬並《な》めて
　いざ野に行かな萩の花見に
　　万葉集（巻10・２１０３）作者不明

仕舞い忘れた風鈴が
寂びた音で鳴っている

窓をあけておくには涼し過ぎる風が
ススキの穂をゆらし
…あの野原がうっすらと広がっていく…

芽吹く春が来て
緑が滴る夏が来て
もう
葉が色を変える秋なのに

思い出が痛くて
ついに
一度も行けなかったあの野原で

…風と戯れるわたしたちが見える…

目を閉じて
素足になり
出会ったとき
子供だったときの姿に戻り

手をつないだなら

いっしょにはいけなかった
ほんの少しだけ先の未来へ
駆けていこう

「陸奥新報」２０１３年10月９日（水）

霜月のうた

秋萩の散りのまがひに呼び立てて
　鳴くなる鹿の声の遥けさ
万葉集（巻８・１５５０）湯原《ゆはらの》王《おおきみ》

風にうながされて落ちてゆく
色とりどりの乾いた葉を
体内からも落ちてゆく
思い出に色分けされた葉を

掃いても掃いてもきりがなく

それでも
かき集めかき集めして
そっと燃やす

ゆれるうすい煙の向こう
ゆれるススキの穂の間から
見えてくる

…二十年まえにいったひと
…去年のいまごろいったひと
…ついこのまえいったひと

みんな　みんな　どこへ

ゆっくりと進む
少し前かがみな後ろ姿に

思わずそのひとの名を呼べば
いつもそばにいたときのままの
照れた笑顔が振り返る

「陸奥新報」２０１３年11月13日（水）

師走のうた

沫雪の庭に降り敷き寒き夜を
　手枕巻まかず独りかも寝む
　　万葉集（巻８・１６６３）大伴家持

身も心も芯から冷える夜は
スノードームを手のひらでゆらし
なかに住むサンタクロースに
いっぱいの雪を降らせて眠りにつく

サンタクロースに降る雪と同じ
乾いて温かな雪が
わたしにも降り始め
夢に架けられた危うい橋を渡る

ここはどこなのだろう
未来にしては古めかしい
過去にしては知らない町の広場
だけどとても懐かしい

みんな和服姿で楽しそうに
フォークダンスを踊っている
昭和二十五年の婚礼写真から抜け出た
父と母もなかにまじって踊っている

いまのわたしよりずうっと若い姿で
ダンスの輪のなかに入るよう
おいで、おいでと、手招きしている
でもどうしても入れなくて焦ってばかり

サンタクロースに降る雪も
わたしに降る雪も
とっくに止んでしまったから…

「陸奥新報」２０１３年12月11日（水）

インカの風*

ふと
呼ばれた気がして
振り返れば

薄暗い博物館のなか
淡く照らされた
ガラスケースのなか

インカの少女の頭蓋骨
その目の深い空洞から
吹いてくる風

風の懐かしさに
誘われて
くぐりぬけてゆく
白いトンネルの先は

雲に霞む空中都市
太陽に最も近い神殿の
石の器に満たされた水に

映してごらんと…

ずうっと
探していた
会いたかった
遠い過去のわたしは

身も心も
コンドルに
啄まれたのだと…

大きな翼が
わたしを包み
ゆるやかに飛ぶ

＊「インカ帝国展」上野の国立科学博物館にて開催

「詩と思想」２０１２年６月号

ノコッタ、ノコッタ

こんな情況なのでなぜか大相撲
どうしても生の土俵を見なければと
初めての両国国技館
枡席から身を乗り出しての観戦
大相撲が大好きだった
いまはもうこの世にいない
父と祖父まで呼び出して
大声で応援する力士の名を叫ぶ
お祖父ちゃんが
異国の力士までいると、驚く
父さんが
ハタキコミばかりだと、怒る
わたしは

俵に足がかかっても懸命に堪える
裸の力士といっしょになって
いまの崖っぷちの情況から出ようと
力の限りもこえる
さばく行司の声だけが胸に響く

「胴乱」79号　２０１２年３月

雪の家

雪の壁に囲まれた家に
住んでいる

外だって雪
降り続く雪で
元気の素のライ麦パンも
夢を紡ぐための赤ワインも
買いに出られずに
雪の壁だけを見て過ごす

東の壁に映るのは
雲の背後でゆれている淡い太陽

西の壁に映るのは
うつむき進むひとの長い列

でも
南を向けば
どこまでも広がる
菜の花畑が映るから

思わず
北の壁を突き破って

飛び出す外は
頬を刺す氷点下の冷気
夜空で凍りつく冬の星々

リゲルが
青白い矢を放つ

「現代詩図鑑」２０１２年春号

カッコウが時を告げる家

カッコウが時を告げるとんがり屋根の家
居間の壁に掛けられたカッコウ時計は
三十数年間　正確に時を刻んでいたが…
ある日　突然に
気ままな時を刻み始め

止まったり　動いたり　また止まったり
同じ頃　この家に住む男の
運動神経が壊れ始め　思考回路が狂い始め

たまらずに
別な世界の時を刻むカッコウ時計の横に
この世の時を刻む文字盤だけの時計を置く

いったいだれが
カッコウ時計の
男の
見えないゼンマイが切れるまで
ギリギリと巻くのだろう

とうとうカッコウ時計は動かなくなり
男の指も動かなくなり腕もあがらなくなり
脳も傷んでいたから

いつも薄笑いを浮かべるだけ

この世のことがすべてではないと
いっしょに住む女は身も心も病む男を連れて
カッコウ時計が時を刻む別の世界を
行ったり来たり

ある日　ふと　すべてが嘘のように
動き出したカッコウ時計が
横にある文字盤だけの時計と同じ時を告げる

たとえ同じ時が告げられても
男の身と心の壊れは進行し続けて
女と二人で別の世界に住む時間が長くなる

「胴乱」82号　2013年3月

クロケット定食

こんなときは先ず温かい食事をと
つむじ風食堂*の暖簾をくぐる

「いらっしゃいませ」
「クロケット定食をふたつ」
わたしひとりなのに
マスターは表情も変えずに注文を受ける
「おまちどおさま」
運ばれてきたクロケット定食は
実は、細長俵型をしたコロッケ定食
「ふううっ」と浅い息をして
もうひとつのクロケット定食へ

わたしにしか見えないひとを呼び出す

「さあ、いただこうか」
「うん」
コロッケに添えられているのは
やわらかく味付けされた色とりどりの温野菜
ふっくらと盛られたライス
季節を奏でる浮き実の澄んだスープ

スプーンをそっと手にとると
急に、涙も鼻水もこぼれてしまう
「それで、ぼくを呼んだんだね」
「…………………………」
「ほら、スープを………」
温かな一匙が撫でるように
胸の凍土へと下りてゆく
わたしにしか見えないひとの瞳

ふたつのちいさな灯りに照らされている

＊『つむじ風食堂の夜』吉田篤弘より
「二兎」4号　2013年6月

グレープフルーツ・ゼリー

こんなにも寒い真夜中に浮かんでいる
淡い黄色の光を放っている
遠くの星から零れてきたかもしれない

丸いまぁるいグレープフルーツを一個
そっと、手のひらにのせる

親指を突き入れ皮を剝く
固い外皮の裏は白い真綿のよう

外見だけ武装している心を解そうと
ゆっくりと、少しずつ、やさしく…

胸疼く物語を閉じ込めた薄皮のなか
たっぷりの果汁に指先を濡らしながら
櫛型に並んでいる果肉を取りだすと
ときどき汁が目に飛ぶ

涙が浮かんでも
泣いてはいけない
振り返ってはいけない
いまはただ…

果肉をガラスの器に敷き詰め
ゼラチンの粉を少しの熱湯で溶いたなら
水で割りお砂糖も加えて器に注ぐ

伝えきれない思いも砕いて散らし
なめらかに、甘酸っぱく、ほんのり苦く
透きとおるまで冷やし固める

やがて
あたりが深い眠りに沈むころ
大好物だったひとが待つ
遠い星の食卓に届くはず

「胴乱」83号　2013年7月

この星を出ていくまでの数日間

本当はみな
どこへいってしまうのだろう

わたしたちはカミサマのロボット

必ずいつかは
この星を出ていかなければいけなくて
そのときは突然にやってくる

認識番号1949-7-29の場合はこうだ

救急車で運ばれた病院のまだ若い当直医は
無関心を隠したわざとらしい深刻さで言う

「軽い肺炎ですので　入院してもらいます　数日で退院できるかもしれないし　一週間　あるいは数週間かも　病気の進行具合からすれば　あと一年　あるいは数カ月のいのちかも　元々の病気がＡＬＳ　いまの医療では治らない進行性の病気　認知症もありますので………」

そんなこと耳にタコのピアスをつけたいほど
わかり過ぎるくらいわかっていたから

「今日は晴れ　時々曇り　ところによっては小雨　雷雨や雹が降ることも……」と言うラジオの天気予報のように限りなく曖昧で　いっそ実はよくわからないと　言ってほしい

常に最悪の事態を想い描くことが習慣になり　妻が首都圏に住む娘を呼び寄せて　息子夫婦も　夜は　いっしょに泊りこむ

娘がやってきた翌日の午後　病人が急に息苦しさを訴えたから　家族は　医師側も　バタバタし始めて　突然　会わせたいひとを呼べと言う
いったいどんな展開なのか家族はわからない
たぶん医師側もそうだ
医師はカミサマのロボットであるまえに

医療ミスで訴えられないようにするロボット
この星を出るひとや見送る家族の思いなど
問題ではない

病人の状態はどんどん悪化し
「声をかけてあげて下さい　聞こえています」
と　ベテランの女医が言う
やっと間に合って遠くから駆けつけた
弟たちが絶句する
姉たちが泣きじゃくる

ひとまず弟たちや姉たちがホテルへ帰った夜
待っていた
最後の力をふしりぼって待っていたのに
病人の財力を利用するだけ利用した果てに
破産し夜逃げした長兄の家族
それに従う92歳にしては元気過ぎる老母は

ついに姿を見せなかったから
もうだれも待たなくていいのだと…

病状が急激に悪化し
延命措置無し緩和措置だけの家族の希望で
人工呼吸器はつけず
どんどん酸素が投入され
二酸化炭素を吐き出せないので
どんどんいのちは追い詰められて
苦しさを紛らわすモルヒネが
しずかに注がれてゆく
それでも最期は曲がらなくなった指で
ぎゅっと妻の手を握った

わたしたちはみなカミサマのロボット

いったいこの星からどこへいくのだろう
どこへいこうとも
「ありがとう　さようなら」と別れを告げた
家族もみな　やがては　後につづくのだ

「胴乱」84号　２０１３年12月

エッセイ

地霊たちとの交信

時間がない。慌てて少しくたびれた人間の毛皮を脱ぎ捨て、外へ飛び出す。例えば、住み慣れた森へ帰っていく獣のように、わたしがもう一人のわたしへと移っていく瞬間だ。

行き先は三内丸山遺跡。あまりにも近くていつでもと思っているせいか、逆に遠くなってしまった。最古層は五千五百年ほど前にも遡《さかのぼ》れるという壮大な遺跡へ、打楽器を中心とした野外コンサートを聴きにいった。

地面に敷かれた薄いシートの上に、水玉模様になって座っている観客たち。腰をおろすと、微《かす》かなデコボコや温もりが、地から伝わってくる。西の空が、濃いオレンジ色に染まっていく。姿が見えない夕陽も、きっとあの山の陰のあの辺りと、空に星の一粒を探していたら、演奏が始まった。

突然、大鼓の余韻を引く高音が、閉じられていた体のあちこちの小窓を開いていく。窓から窓へ、はるかな風が通り抜けていく。続くアフリカン・ドラムの軽快なリズムが、わたしの中の骨たちをくすぐるから、骨たちは勝手にわたしから抜け出て、その辺を踊り回っている。

打楽器の雨が、想《おも》いの様々《さまざま》な断片を打つ。石笛が数千年を隔てた掛け橋となって、この地に眠る縄文人の眠りを解いていく。肩を寄せ合って聴いているわたしたちの横に彼らの気配がして、なぜか、わたしたちがかつて生きた時代であるかのような、昂《たか》まりを運んでくる。無条件の懐かしさで、魂を打《う》つ。（うつ）と言えば、それを語源とする「うた」の言葉以前の祈りをこめた人の声という楽器、パーカッションを中心に、国境を越えた人たちが奏でる原始の響きが、深まっていく夕闇《やみ》、やがて北の空に見えてきた北斗七星を背景に、この地を揺らしている。

芸能の力によって、「地霊たち」と交信するという試みは大成功だ。縄文の人々の返事が、こだまとなって返ってくる。

やあ、お互いにようこそ、太古のお友だち、君と夜明けまで、ここで踊っていたいよ。

「陸奥新報」（日曜おあしす）　1996年9月15日

ふと海、ただ海

ふと海が見たい、ただ海が見たいと思うときがある。僅《わず》か六歳頃《ごろ》までだったが、日本海と湖に挟まれた土地に生まれ、育ったせいだろうか。海に向き合えば、現実には見えにくい大切なものが見えてくる。海は、心を鎮めてくれる力も持っている。

海はどのようにして、誕生したのだろう。地球の海は重水を多く含んでいることから、百武彗星《ひゃくたけすいせい》から重水の発する強い電波が観測され、彗星に起源があるのではないかとする説も出ている。原始の海に浮かぶ原始の月、しかも、この月は地球との距離が今の半分もなかったので、巨大であったという。

その引力が作る波の泡の膜で囲まれた小部屋は、いん石の落下などで海に集められた生命を作る材料の実験室のような役割をしていたのではないかという、ある学者のシナリオはとても興味深い。生命は海から誕生したのだ。

海は大好きだから四季を通じて眺めるが、春と秋の海は感傷的で、冬の海は心にはきつくて、生命の誕生の場という躍動感と、魂にとってのエネルギーの源という私のイメージから思えば、初夏と真夏の海が一番好きだ。

打ち寄せる波の数は、私の脈拍に合っている。変化する海の色は、その時々の気分を清潔なものに変えてくれる。海と涙の味が同じ塩味なのも嬉《うれ》しい。ついでに私の味覚も塩味に傾き、やきとりもラーメンも塩と決まっている。

だけど、私たち人間は、海の中では生きられない陸上の動物だ。生命のふる里である海から、どのように進化して上陸を果たしたのだろうか。三億九千万年前のケイロレピスには背骨があったという。

骨には、生命にとって大切な、カルシウムをはじめとするミネラルがたくさん含まれている。言わば、ミネラルの貯蔵庫だった。海には、このミネラルが豊富だったから、陸へ出るためには、生命を支える海のような、ミネラルの貯蔵庫が必要だったのだということを、ＴＶ番組で知って感動した。

私もケイロレピスから、背骨という海を受け継いでいるのだと思うと、体の中に本物の海の響きを感じてしまう。

「陸奥新報」（日曜おあしす）１９９７年8月31日

宿泊棟一泊体験記

二月一日、午後三時のチェックインを済ませ、玄関の鍵を内側から閉めた瞬間から、棟全体の独占使用態勢に入った。なぜか、この状態が覚悟を与え、肝がきちんとお座りできたのだと思う。一人暮らしは、十八歳の時に数カ月で挫折してからは経験がなく、今は過保護な配偶者に守られた生活を、笑われている私にとっては大惨事だが、詩の新しい表現方法を追求するN氏が、立ち上げたプロジェクトの第一歩として、頑張ってみたい。雲谷にある国際芸術センター青森の、宿泊棟一泊体験がスタートした。

今までこの施設は、別棟の創作棟で、芸術家たちが絵画や彫刻の制作に打ち込む期間中、自炊タイプの宿泊施設として利用されていた。さて、私は詩を書くために滞在するのだが、滞在中には、一編も書けないだろうと予想する。センター全体のテーマである「自然と芸術の融合」を目指し、真冬にたった一人で、孤独過ぎる空間で、雷に撃たれるほどの霊感が得られないかと、先ずは、肉体も精神も窓を全開にすることから始める。森に住む妖精たちが、違和感や敵意を抱かずに、入ってきてくれることを祈りつつ。

横に長い建物はまっすぐな廊下に貫かれ、シングル八室、ツイン二室、共同浴室、自炊用厨房、食堂兼会議室、ランドリールーム、などが用意された快適設備だったから、淋《さび》しさを忘れ、好奇心の強さに助けられる。個室のドアを開けると、突き当たり全面がガラス張りのスクリーンが、私を迎えてくれた。雪の衣装を纏《まと》った樹木が眩《まぶ》しい。壁は白、必要最小限の家具も白や淡いクリーム色、天井はブリキ缶を連想させるメタリックな灰色、それらには日常生活の匂いが全く無くて、ただ、集中力を高め、あるいは、その集中力を酷使した後の疲労感を、和らげるためだけの空間に思われた。

共同スペースは、真冬で暖房効果がすぐには上がらないので、使用は最小限度にとどめて、個室で荷を解く。持参したものは、プレーヤーとCD、MDの音楽、本がほとんどで、あとは二回分の自炊用食材である。パソコンの持ち込み、インターネット接続は可能なのだが、メールの送受信に夢中になりそうで、時間の無駄遣い防止のために避けた。

森だけに面した眺めを、一〇〇パーセント楽しまなくてはと、最後までブラインドは下ろさなかった。雪がゆるく舞っていた。透かし模様のふわりとした雪だ。近くの枝に小鳥がやって来た。BGMはサティのピアノ曲集。暖房の音を消すためで、思考の邪魔をしないように、低く流す。自炊以外のほとんどの時間は、読書と外を眺めることに費やす。詩集四冊と対談集一冊を、休み休みしつつ読破した。集中力が高まっている。眠るのが惜しくて、正面いっぱいに見えるガラス越しの自然の変化に心を奪われた。少しずつ夕闇が迫り、夜が訪れて、やがては、逆に少しずつ明かるむ夜明けが、地球の自転のやさしさを、私に体感させた。樹木の間から見える街の灯が、宇宙に点在する遠くの銀河を思わせた。一人で一夜も過ごせない弱虫の私は、どこへ消えたのだろう。雑音や雑念のない世界だ。きっと、うつらうつらしていた時にも、森からやって来た妖精たちと、私は楽しく過ごしていたに違いない。一編の詩が、無意識の底に沈んだ。その浮上のときを待ちたい。

「陸奥新報」（わたしの随想）２００３年2月15日

青い星だれのもの？

Ａ君の仲間とＢ君の仲間は、相変わらずの喧嘩《けんか》好き、棒切れを振り回しては、花壇を踏み荒らすし、近くで遊んでいる、女の子たちのグループへもなだれ込んだりで、みんなが迷惑している。Ａ君たちは、自分たちだって棒切れをいっぱい持っているのに、Ｂ君たちが大量に隠していると言って、調べるとか、嘘をついているとか、棒切れには棒切れを使って、やっつけてやれとかの大騒ぎである。Ａ君たちもＢ君たちも、そんな棒切れは、一斉に燃やして、お芋でも焼いて食べれば、みんなが嬉《うれ》しいのにと、私は思った。これは、もう何十年も前の、私が小学生だった頃の思い出話である。

大人になって分かったことは、何十年も前の子供の世界と、いまの大人の世界の出来事が、規模の違いだけで、同じ構造だということだ。緊張は高まるばかりで、いつ急激に変化するか分からない世界情勢だから、テレビや新聞のニュースを追うだけでも、結構エネルギーが消耗する。

これを書いている時点では、イラク大量破壊兵器問題で、対応策を検討するＥＵ首脳会議は、国連査察の継続を支持する共同声明を採択した。国際世論の流れが、武力行使回避の方向に向いている。市民の反戦デモが、平和解決へと、勢力を動かし始めていると理解したい。

武力行使を容認する英米であっても、市民のデモの数が凄《すご》い。国連本部があるＮＹでの、五十万人もの大規模な反戦デモ、ロンドンの反戦ネットワーク〈ＳＴＯＰ戦争連合〉の抗議行動もスタートし、南極を含めた世界六百都市以上で展開されているという。国家は、特定の利益の代表者たちだけのものではないという証《あかし》だ。

外国にある公館が、駆け込み寺になっている現実でも、〈ＲＥＮＫ〉のような支援団体が存在し、原子炉を使って、需要が増大している水素を作り出そうとしているプロジェクトに対して、「放射性廃棄物を出す原子炉で作った汚い水素はいらない」とする、〈グリンピース〉や〈全米憂慮する科学者連盟〉などの批判声明は、危うい未来に対する救いと希望である。本県知事に問題の説明を求める〈ひろさき市民ネットワーク21〉の街頭署名活動も、公的機関が自分たちの利害ばかり考えて、避けていたことに、勇気を持って着手した、良識の健在を示すニュースだ。

それでも、日々、根本が変だと思われる、この息苦しさは何だろう。風の匂《にお》いや光に、敏感な狩猟民族の名残が強い私だけが、感じているものだろうか。大国の論理である、目先の利益や進歩優先、歯止めの無い消費生活だけが、生きる目的ではないはずだ。生命が誕生し進化するための、奇跡に近い条件を与えられた、この青い星はだれのものだろう。人間だけのものではない。安楽死させられた、世界初の体細胞クローン羊ドリーのやさしい瞳《ひとみ》が、生命までも操作しようとする人間の愚かさを、射抜いているように思われる。

私たちの思考は、経済システムに深く左右される。その根本原理が、資本主義社会を正当化するダーウィニズムの、自然淘汰《とうた》、弱肉強食的なあり方だとする価値観を、とても危うく思う。いつも自身に問いたい。この青い星はだれのものだろうかと。それはこの星に住むみんなのものだ。

「陸奥新報」(わたしの随想)２００３年３月１日

いつか還る空間

　詩が生まれる場所を、ご紹介してきた最終回は、星についてお話をしてみたい。

　わたしたちは、どこからやってきて、どこへ還《かえ》っていくのだろう。有限な身体のなかに、閉じ込められているいのちを思うとき、だれもが一度は抱く疑問ではないだろうか。地球の発生とその最期に照らし合わせて、きっと、宇宙からやってきて、宇宙に還るのだろうと、勝手に了解しているわたしだが、そうなると、宇宙は故郷として、とても親しみを覚える空間となる。

　そんな宇宙を、最もよく感じることができる方法として、天体観測がある。でも、例によって、本格的にはならない気ままなわたしは、単純に肉眼で四季の星座を眺めることを楽しみつつ、これまでに、星からイメージした詩を何篇か書いてきた。

　あの一年間は、本当に現実に存在したのかと、記憶のすべてが幻想にさえ思えてしまう、特別だった一年間のことを、星を眺めるたびに思い出す。それは、春に始まり冬で終わった、「星を見る会」の思い出である。いまから、十数年まえのことだった。日本海に面した高台にある、射撃練習場のパーキング、そこに夕暮れどきから集まり、シートを広げ、季節によっては、その上に毛布を敷いたり、上にかけたりして、仰向けに寝転がり、ただ、星を肉眼で眺めることを楽しむだけのグループに、わたしは参加していた。

　一番星の発見者になると、誇らしかった。だんだん暗くなると星の数が増し、ついには、夜空いっぱいの星たちが、降り注ぐように瞬く。自然のプラネタリウムを、存分に楽しんだ。天文学者のように星座に詳しい人がいて、質問には何でも答えてくれた。星座を指差して、その星にちなむ神話まで、語り聞かせてくれた。星の歌を、ギターを弾きながら、音域の広い声でうたう、シンガーソングライターもいた。

ただ、星が好きなだけのわたしは、苦手だったが、即興で作った星の詩を朗読した思い出が、いまもくすぐったい。ここにいたメンバーは、もしかして、わたし以外は、この世に存在しない人たちだったのかもしれない。そう思わせるのは、後にも先にも繋《つな》がらない、そこだけ特別に浮いている思い出だったからだ。

いつも集まりの予定は、電話で連絡され、わたしは家の近くの国道から車で拾ってもらい、車でまた送り届けられていたから、未だに、星を眺めた場所がよく分からない。冬のある日に届いた、いつも星の歌を聴かせてくれた、シンガーソングライターの、突然の死を告げる連絡を最後に、もう、会のお誘いは来なくなってしまった。相手の連絡先も知らないわたしにも呆れるが、だからこそ、この思い出は永遠となった。

それからのわたしは、四季を通じて、独りで、肉眼での星の観測を楽しむようになった。

郊外の高台に住んでいるので、星を眺めるには、よい条件が揃っていたから、毎晩、必ず夜空を仰いだ。たまには、プラネタリウムを訪れて、星の位置と名前を確認した。

わたしたちを育んだこの星、地球は、宇宙の塵《ちり》から生まれ、やがて宇宙の塵に還るだろう。わたしにとっても、その果てに還る空間だと思う宇宙は、詩が生まれる始原の場所かもしれない。


「陸奥新報」(土曜エッセー)2005年9月10日

気まぐれなカッコウ時計

　突然、響き渡るカッコウという鳴き声に、思わず振り返る。夕闇が辺りに迫るころ、居間の壁に掛けたカッコウ時計が、十二時を告げたのだ。でも、昼の十二時だろうか。それとも、真夜中の十二時なのだろうか。すぐ横に並んでいる、ただ大きくて見やすいだけの掛け時計の針は、五時十四分を指している。こちらが、正確な時刻なのだという認識が、だんだん薄れてきて、流れて止まない時間というものを、疑い始めている。これもみな、カッコウ時計の、気まぐれな反抗のせいだ。

　もう何十年も我が家に住んでいるこのカッコウ時計は、赤いとんがり屋根にクリーム色の壁、山小屋の形をした木製で、真ん中から左右にひらく小窓がついている。そこから木彫りの小鳥が出てきて、小首を振りながら、例えば、四時なら四回、カッコウ、カッコウと鳴いて、時を告げる仕組みになっている。

　ある日、時計の針が止まっていることに気づき、電池を交換した。ところが、すぐに、また、止まってしまう。針をまわして時刻を合わせると、しばらくは、動いているのだけれど、だんだん遅れてきてついには止まってしまう。そのまま、構わないでおいたら、なぜか、思い出したように急に目覚めて、時を刻み始めた。その後は、とんでもない時に、カッコウ、カッコウと鳴いては、とんでもない時を告げていた。そして、知らないうちに止まっているかと思うと、再び、思い出したように動き出す。時計も、時を刻むのに飽きてしまうことがあるのだろうか。ときには、勝手に遅れたり止まったりしたくなるのだろうか。もう、わたしたちの手には負えないカッコウ時計だったが、取り外すのは、さびしくてできないので、となりに、大きな文字盤だけの、コチコチという音さえしない時計を掛けた。それ以来、我が家には、二重の時間が流れていた。

時間は、誰が決めたのだろう。いつから、刻まれているのだろう。なぜ、流れて止まないのだろう。時間は相対的なものと言った、髪の毛が爆発していて、長い舌を出した顔が写真に写っている、余りにも有名な物理学者がいたのを思い出し、時間に対する疑惑が深まる。楽しいときの時間は速く流れ、嫌なときの時間はゆっくりと流れる。心情的に時間を操作出来そうな気もするけれど、操られているのは、現実という囲いのなかに閉じ込められた、わたしたちかもしれない。眠られない夜には、そんなことを思い、耳をすましていると、居間でカッコウと鳴く声がして、静まりかえった深夜だから、家中に響いている。その鳴く回数を数えては、あきれるくらいにずれているので、苦笑してしまう。居間にいるときは、カッコウが鳴くたびに、となりの正確な時を刻んでいる時計と比べてみて、不思議な気分になるのだった。もしかしたら、カッコウ時計が刻んでいる時間には、特別な意味があるのではないだろうか。現実の背後に隠された、次元の異なる世界に流れている時間を示しているのかもしれない。

今の時刻を正確に刻んでいる、文字盤だけの大時計のとなりで、止まっているカッコウ時計を見ていると、自分が止まってしまった後も、この世の時間は、このように絶え間なく進んでゆくのだと、少し切なくなって、カッコウ時計の針を、今の時刻に合わせる。けれども、気がついたときには、遅れるのか、進み過ぎるのか、まったく違う時刻を指しているのだった。

夜、居間で、赤ワインのグラスを傾けながら、独りで本を読んでいると、カッコウ時計の小窓がひらいて、木彫りのカッコウが飛び出し、カッコウ、カッコウと、二回、鳴いて、スッと引っ込んだ。「あなたの国は　いま二時なのね　それは　お日さまの見える二時かな　それとも　お星さまが見える二時なのかな」と、カッコウ時計に向かって話しかけると、「では　おいでよ」と、わたしを呼ぶ声がした。本を置いて立ち上がると、引き寄せられるように、小窓のなかへ吸い込まれてゆく。思わずつぶってしまった目を、そっとひらくと、淡い霧が立ちこめていて、どこなのか分からない。何度もまばたきをしているうちに、見えてきたのは、遠くに置いてきてしまった懐かしい風景と、もう、この星から去ってしまった人々の笑顔だった。ここは、生きられなかった未来なのだろうか。それとも、多重構造になっているもう一つの現実なのだろうか。どこまでも続く野原の真ん中で、大きなテーブルを囲み、赤いワインを飲みながら、大皿に盛られた七色の料理を味わいつつ、楽しいおしゃべりは尽きない。やがて、みんなが手と手をつなぎ、くるくるとまわりだす。まわる時計の針とは別の速度で、ゆるやかに、いつまでもこのままで、という気がした。けれども、わたしだけがこぼれ落ちて、居間に戻されてしまう。いつの間にか、カッコウ時計が止まっている。針を動かして、眠りを覚まさなければ。

ルイス・キャロルが書いた、『不思議の国のアリス』や『鏡の国のアリス』の魅力は、登場人物たちが、時間や空間から受ける束縛から解放された世界で、まるで浮遊しているかのように自在に行動していることにあると思う。時間や空間から自由になった世界であるからこそ、言葉を意味から解放し、ナンセンスを駆使した、遊びのような言葉使いも、楽しく新鮮に伝わるのではないだろうか。『不思議の国のアリス』のなかの、「狂ったお茶会」の場面を思い出してほしい。帽子屋が持っている時計は、月の何日かを表わすが、時間は表わさない。一年は長い間、同じ長さだから、表示の必要がないという理由も、面白い発想だ。まるで、物語のなかのアリスになったように感じたのは、カッコウ時計が、遅れていたり、止まっていたりで、本来の時刻を表示せずに、時の流れを交差させていたからだ。時計の針が止まっていたときには、その時刻だった過去を思い出した。いま向き合っている現実から、隠されている世界に、少しの間、アリスのように紛れこむきっかけになったのは、日常生活をかき乱した、カッコウ時計の突然の反乱だった。止まっていた針を、二分だけ進めて動かしたのを最後に、まるで何もなかったかのように、カッコウ時計はとなりの正確な時計より二分進んだまま、カッコウ、カッコウと鳴いて、今も時を告げている。

「二兎」創刊号　２０１０年2月

慈愛に満ちた石仏たち

奈良・滝坂の道を行く

陽をさえぎる樹木の
葉の匂い
スズッと横切る
けものの濡れた足跡
早瀬の水の音が
先へ先へと促す

3月末、雪が舞う青森から旅立ったわたしを迎えてくれたのは、すでに開花していた奈良の桜だった。春日大社から、石仏の道と言われている滝坂の道に入る。

古い石畳の
雨が土を掘る溝の

曲がりくねった山道は
石に彫られた仏たちに
会いに行く道

深い原生林に覆われた石畳は、江戸時代に敷き詰められたという。道に沿って流れる谷川の水の音、しぶきの眩《まぶ》しさが、歩みを励ます。他《ほか》に聞こえるのは、鳴き初めなので、まだうまく歌えない、コケッチョとも聞こえる鶯《うぐいす》や、さまざまな鳥の声だけだ。暫《しばら》く進んだ先に突然現れたのは、道に背を向けて横たわる寝仏。左上方の崖《がけ》に彫られた大日如来が、落下したのだそうだ。

道端にころがる岩から
険しい崖の斜面から
突然に現れる仏たち
風化で丸みを帯びた
微笑みに
向き合えば

なぜ、いま、と思う

この後、次々に出会う仏たちは、みな、風化によるなめらかな表面のせいばかりではない、彫った人の祈りがこめられている、慈愛に満ちた表情をしていた。だから、思わず、険しい斜面をよじ登り、滑り落ちそうになりながらも、その冷たい岩肌に触れてみた。

でも、だからこそ
聞いてほしい
言葉にできない
何もかもを預けて
冷えた岩肌に耳を当ててみる
息づかいを重ねてみる

忍辱山円成寺までの12キロの道のりは、細い溝のなかを歩き、長い上り坂を越えねばならず、息が切れた。だが、常に守られて在《あ》る気配に包まれていたから、心身は少しずつ解けていった。

この道は
そっと肩に手を置く
いにしえの旅人と
過去を辿りつつ
脱いでいく道

「陸奥新報」2010年4月18日

食卓という舞台

吉田篤弘の小説、『つむじ風食堂の夜』には、思わず入り込んでしまいたくなるような、食卓を中心にした魅力的な場面が、いくつか出てくる。そこでは時間は、止まったり過去や別の空間と交差したりもする。食卓を囲む常連客、ちょっと癖のある人物たちの息遣いまでが、きめ細やかに描かれている。

つむじ風食堂は、店もマスターも気取ってはいるけれど、安食堂である。安食堂ではあるが、無数の傷が刻まれている白い丸皿も飴色したテーブルも、マスターの拘りに支えられて美しく輝いている。だからこそ、どこか懐かしく心地の良い空間になるのだろう。飴色のテーブルは舞台、運ばれてきた料理は役者、そこで繰り広げられる演劇に酔い、ときには、集う客自らも役者に同化してしまう。例えば、手品師の息子で「雨降りの先生」と呼ばれている主人公や、万歩計を（二重空間移動装置）として売りつける「帽子屋のおじさん」、オレンジに電球の灯を反映させて本を読む「果物屋のまだ若い主人」など、存在自体がドラマ性を帯びているひとたちばかりが、入れ替わり立ち替わり、つむじ風食堂の食卓に向かい、特別な時間のなかを漂っては、ため息をつく。そのため息は、（口から抜け出た魂のようにくっきり宙に浮いてしまうのだ。）そうだ。

この小説には、もうひとつ、印象的な食卓が登場する。主人公の「雨降りの先生」が子供だった頃に、手品師の父がよく連れて行ってくれた、コーヒースタンドのまるいドーナツ状のカウンターである。そのコーヒースタンドは、手品師の父が専属で出ていた劇場の地下にあった。劇場に来る客も、出演者や裏方さん、切符のもぎりまで、このカウンターの前に座り、第二の舞台に立っているような雰囲気で、様々なドラマが展開されていたのだろうことが、想像される。だが、このドーナツ状のカウンターという舞台の主役は、ドーナツの中心に据えてある、「エスプレーソ」を作る機械だ。「おーい、エスプレーソひとつ。それと、こいつにはココアか何か」と、手品師の父がいつも注文していた。そのたびにマスターのタブラさんは、銀色した不思議な機械の前に、背筋を伸ばして立っていたので、当時、子供だった「雨降りの先生」は、この店で飲んだココアやジュースの味は覚えていなくても、「エスプレーソ」を作る魅惑的な機械のことは、心に残っていたのだった。このドーナツ状のカウンターにまつわるお話には、心に深く沁み入るつづきがある。ドーナツ状のカウンターという食卓を舞台に、物語は、初代の手品師の父とマスターのタブラさんから、二代目の息子たちに引き継がれていく。「雨降りの先生」は手品師にはならなかったが、タブラさんの息子はコーヒースタンドを引き継ぎ、マスターになった。昔と寸分も違わず健在であったカウンターを挟んで、三十数年後に二人は出会う。劇場は美術館に変わったが、お店はそのまの場所にあったのだ。「エスプレーソ」の機械だけは新しいものになっていたことが、少しだけ心に痛く、年月の経過を思わせる仕掛けは見事だ。

ここまで生きてきたわたしが、それぞれの年代で、向き合った食卓を思い返してみる。食卓は、生きることの基本である食事に深く関わっていると同時に、そのときの生活、経済状態をも反映している。

最も古い記憶の食卓は、まだ、小学校に入学する前のわたしが、食事のたびに、みんなと囲んでいたもので、横に長くて大きかった。母方の祖母、叔父夫婦と二人の従妹、それにわたしの六人で囲む食卓は、賑やかで楽しくはあったが、そこには、父も母も居なかった。両親は離婚していて、母は入院中で、わたしは、祖母が同居していた叔父一家に預けられていたのだ。やがて母は父と復縁し、その後に生まれた六歳年下の弟と、家族四人の食事を母は作らなかった。このときの食卓はどんなものだったかは忘れたが、のっていた食事は、何十年も過ぎたいまでも、悪夢でしかない。父の仕事は、町立病院の給食を作る調理師だったが、母が病弱で食事が作れないから、給食を分けてもらうことを条件に、父は、出来たばかりのこの病院に就職したのだそうだ。いまでは、あり得ないことである。以後、高校を卒業するまで、給食の残り物を食事として育った。材質が布である食卓を、想像できるだろうか。親の支援なしに、奨学金とアルバイトで、大学に通っていたわたしは、食卓が買えずに、きれいな花柄の布を床に敷いて、自ら運び、返さなかった食堂の出前の食器をその上に並べて食事をしていた。冬になりコタツを買ったので、それが食卓になり、勉強机にもなった。結婚してからは、子供たちがまだ小さかった頃は、育児に忙しくて、食後の片づけを急ぐあまり、食器を乗せたままの食卓を、持ち上げて居間から台所まで、一気に運んで、腰を痛めてしまった。小型なのにやけに重い食卓だった。子供たちが巣立ち、夫と二人きりになってからは、丸くて小さなテーブルを食卓にしている。

悪夢の給食の残り物が食事の時代を経て、わたしはお金がないときでも、食事を丁寧に作るようになった。更に、料理を作るのが好きで楽しいと思えるのは、もともとは、外国航路の客船のコックさんだった父の気質を、受け継いだものだろう。食事を作り味わうことを、日々の暮らしのなかで大切にしたい。どんなときにも、食卓に向かい、美味しい食事を摂ることで、いのちを、心さえも、未来につないできたからだ。

吉田篤弘（著）2002『つむじ風食堂の夜』筑摩書房

「二兎」4号　2013年6月

命の行方

記憶の初めに、死があった。早くから様々なかたちの死に触れて、そこから、思いを逸らせなくなる。やがて、死を思うことは、生を思うことなのだと気付く。振り返ると、いつの間にか、生と死の境界をこえて、亡きひとたちと触れ合うことで、生を思い、命の行方を探しながら、詩を書いていた。

最も古い記憶に、父は出てこない。両親は、わたしが生まれて間もなく、離婚していた。母は、「父は死んだ」と言った。でも、死の意味がよく分からない年齢だったから、不在としか受け取れず、どこか遠くにいるのだと思った。そのころ、死とは、ただ、不在なだけのことで、強く望めば、帰ってくるのだと信じていた。だから、聞かれると、必ず、生きている、帰ってくると言い張り、母の再婚をことごとく邪魔したので、ついに、根負けして、復縁したのだった。そのために、生涯にわたって、両親は、不仲の夫婦であったが。

その後、間もなく、本物の、生々しい死に出合う。父方の祖父が、入院中に病室を抜け出し、用水路に落ちて変死するという事件が起こる。警察沙汰の大騒ぎになり、小学校低学年だったわたしにとって、死は恐いものとしか思えなかった。今で言う鬱病であった祖父は、まだうす暗い夜明け前に、病室の窓から外へ出て、すぐ近くに住んでいたわたしたち家族の住居の外から、父の名を呼んだのだそうだ。けれども、夢から覚めずに、起き上がれなかったのだと、後に、父が話していた。当時は、棺桶に入れての土葬だったが、背の高い祖父は、入り切れずに、みんなでギュウギュウ押したので、祖母が、泣き叫んでいたのを、孫のわたしたちは、遠巻きに、震えながら見ていた。死は、この世からの排斥に他ならないと思った瞬間だった。

遺伝的な体質なのだろうか。父もまた、躁鬱病で、わたしが中学三年生のときと、高校三年生のときに、数か月間、窓に鉄格子のある病室に入院していた。父は、祖父のように窓から抜け出し、死に至るようなことにはならなかったが、精神病院に入院していることは、世間には知られるとまずい大変なことである時代だった。父はこの病気を克服したが、生きている間は、精神安定剤を服用し続けていた。この病気に苦しむ若者との運命的な出会いは、わたしが四十歳の頃、第一詩集を出版した直後だった。行きつけの喫茶店に置いていたこの詩集を彼が読み、病気で苦しむひとを扱った内容に強く反応を示した。父と同じ病気で苦しむこの若者の訴えを聞き、詩作品にして一冊にまとめ出版することを約束した。毎月一作ずつ書いて、「鰐組」に発表していたが、九作目を書いた後に、この第三詩集となった物語の主人公は、凍死自殺をしてしまった。これから先、何をどのように書けばよいのか、途方に暮れたが、彼との約束がわたしを強く後押しした。数か月後から、再び書き発表し続けて、出版の約束を果たした。シンガー・ソング・ライターだった彼の歌詞にあるように、「地獄とはこの世のこと」かもしれないと思ったりもした。次の世（天国）に望みをかけて、自殺をほのめかし、とうとう、いってしまったことを思うにつけ、死の向こう側は、この世との境界が曖昧な、身近な世界になった。作品もまた、亡きひとたちと、生と死の境界をこえて、自然に触れ合うものに移っていった。

第一詩集が、鬱病の若者の心に届いたのは、後半に、『詩学』に投稿し続けた、病院を舞台に過度の延命措置に対する疑問を提起した作品群を、編集したからだと思う。その頃、夫の高齢の父親が、田舎町の総合病院で、半ば植物人間状態になっても、無理に生かされていた。四階は、死の淵に立つ老人を、無理矢理、生につなぎとめるベッドで埋め尽くされている病棟だった。まだ意識があるときに、義父は、もういいから、苦しいから、楽になりたいから、と、死を望んでいたのに、わたし以外は、誰もが反対した。特に義母は、義父の年金が生活費だから、出来るだけ生きてほしいと言った。まだ、いまのように、延命措置をとるかどうかの意思表示が、厳密に問題視される時代ではなく、このような患者は、私立病院の収入源でもあった。死は、神様から与えられるのではなく、人工的に操作され、引き延ばされるものとなって、心に刻みこまれた。

この後は、父や母、他の親族や早過ぎる友人の死に出合うたびに、死の後はどうなるのかを、擬似体験している気分を深めた。わたしの半分をいっしょに連れていかれたように感じさせたのは、２０１３年３月の、夫の急な他界である。夫の病気は、前頭側頭型認知症で、更に、不治で進行する難病中の難病、筋萎縮性側索硬化症（ＡＬＳ）を併発していた。この病気の平均寿命は、二年から三年と言われたが、診断後、一年半しか生きられずに、六十三年の生涯を閉じた。まだ体力があるうちにと、胃ろう手術を迫られ、術後は、全面的に胃ろうからの栄養補給に切り替えさせられ、退院後、数日で、肺炎に罹り、あっというまに命を落としてしまった。肺炎が、直接の死因となったが、夫の元々の病気は、原因も治療法も解明されていない。ある日、急に、異常に気が付き、病気が判明した。それまでは、神経質なくらい健康には、注意を払っていた。「病気や事故で、ひとは死ぬのではなく、与えられた寿命で死ぬ」という、どこかで聞いた言葉を思った。死は、どんなに頑張っても、予測不可能で、不本意に訪れるものであり、すぐとなりに寄り添っているのだと知る。死からは、だれもが逃れられないのだから、忌み嫌うというよりも、大切なひとがたくさん移住した世界として映り、より生きていることを実感させ、また、空しくもさせるものとなった。

本当に、みんな、どこへいったのだろう。いったならこちらへは戻れない世界とは、どんなものなのだろう。いまほど、命の行方が気になることは、かつて、なかったくらいに、夢のなかでさえ思い描いている。カラー映像で鮮明過ぎる夢を見たときは、それが、もうひとつの、みんながいった世界、やがてわたしがいく世界なのかと思う。詩の世界も、現実や死をこえた領域にひろがっていく。

詩を、本格的に書き、発表するようになったのは、三十代の後半からで、始まりは怒りからだった。命を操作する医療に対する疑問と怒りから、詩を書いた。そのために、命を見つめていく過程で、身近なひとたちの死に直面するたびに、命の行方に関心が深まっていった。書く詩のなかでは、命の不思議や行方を追って、生と死の境界が外され、ときには、曖昧なそのあわいを行き来しつつ展開していった。考えるというよりは、五感で触れた思いを言葉に変換して詩を書くわたしは、詩や物語を読むのが大好きだし、もっと遠くの広い世界に踏み出そうと、敬愛する詩人がひらいている、横浜の読書会に、2004年から参加し始めて、今も続けている。奇数月の第二月曜日にひらかれる読書会で、様々な本と出合い、語り合い、詩作活動の場を広げながら、命の行方を、手探りしている。

書きおろし　2013年12月

解説

内面・宇宙空間への飛翔

佐藤真里子第七詩集に至る全軌跡

小笠原茂介

津軽半島南西部の岩木山＝白神山地に源をもち、半島北端の十三湖から日本海に流れいる岩木川。佐藤真里子は湖畔の寒村十三村で幼少期を母と過ごした。ここは湖と海とを区切る狭い地峡。日月は、だだっ広い湖面から昇り、広漠の海に沈む。

母の再婚（＝復縁）とともに、岩木川中流域田園地帯の木造町（現在つがる市）に移り住み、ここで小中高時代を送る。旧藩時代は、代官所などが置かれたこの地方の中心地だったが、いまは人通りのすくない、松並木の道が広がるしずかな町である。

この生い立ちと自然環境、さらには独自の気風をもった知識人であるらしい父や家族との思春期の魂の交流が、真里子の詩作に、繊細な抒情、屈折と幻想の濃い光と翳をあたえていく。

この木造高校では、ぼくの十数年後輩にあたるが、知ったのは、真里子が弘前市の「亜土」詩会に入会したときから。

第一詩集『ユダの軌跡』路上社　一九九一・七

の出版は、その直後、いまからほぼ二〇年まえ、作者四〇歳の頃。佐藤真里子はすでに「詩学」の常連投稿者として中央にも知られていた。

この処女詩集には、すでに注目に値するいくつかのモティーフと表現の達成がある。「書けば書くほど迷路／だけど　その背後にある　まぶしさへの／予感が続く限りは……」と、〈あとがき〉にあるが、しかしこの「まぶしさ」に、一瞬の閃きと飛躍によって到達する才能は、詩人生得のものであろう。

ところで、表題詩=冒頭詩〈ユダの軌跡〉の主題を、ぼくは初め理解してなかった。

化粧などするものか
お嫁になど行くものか

など、モティーフが雑然として表現の純度にも欠け、ただの思春期の反抗を引きずっただけと見えたのである。しかしこれを詩集中頃の〈裸足のジーザス〉、終わり頃の〈末期のジーザス〉と読み比べたとき、このモティーフの意味がわかった。そもそもぼくは、このジーザスがイエスス（日本での通称イエス）の英語読みということに気づかなかったのである。だいたい「あなたが愛を描いた約二千年の大地」を読んで、これを悟るべきであった！　おもえば、ロック映画？　の《ジーザス・クライスト　スーパースター》が、わが国で流行していた頃だったのである。このジーザス像は、「あなたを知った日からの四〇〇日」という現実のデータをもっていて、真里子のこの頃の恋人らしいが、彼へのなんらかの裏切りの感情が、みずからをユダと呼ばしめたのであろう。しかしこれに隠る情念も薄く、造型も不足で、全編を統《す》べる主題としては、ややもの足りない。

海の「濃紺」への憧れが、この詩集の基調情念である。この海の広大さに比べ「私の地球」は「ひときわ青く潤んでいる　あの星」として、まるで宇宙の果てに浮かぶ宇宙船からの眺めのように、小さく瞬いている。

地に繋がれて在るものはみな
光は見えない旅人だから　闇へと急ぐけど
晴れた夜は少しだけ永遠が見えてきて
夢の隙間をすり抜けていく　私は鳥
遠くやわらかなあの星の炎を見ている　〈炎の記憶〉

それはまた「ものみな炎であった日々の／重くしずか

な記憶」でもある。この海＝水＝青く潤んでいる星＝地球と、「炎として生まれ　炎として還るだろう」あの星＝火＝地球のイメジの二極、この全くちぐはぐな対極のあいだに引かれた眼にみえない見取り図＝ダブルイメジが、何やら難解なままに作者の宇宙論であり存在論であるらしい。しかし、これをただの観念の遊戯とみるには、あまりに深いイメジの彫りの深さがある。それを作者に訊いても困惑するだけだろう。それは作者自身にも視えていない。真の詩に造型しうるのは、その詩人の意識の深層にしかないからだ。

ふつうの文脈で読み解くなら、それは人間が汚してしまった地球が、炎となって燃えつくすことによる浄化・浄罪と再生への願望であろう。しかし地球あるいは太陽系の〈滅び〉はあっても、〈再生〉はありえない。再生が展望できない以上、それは単なる消滅である。すなわち〈炎の地球〉イメジは、そのまま真里子の消滅願望を宿しているのだ。彫りが深いとみえたのは、この「影」が濃いからだ。

この消滅願望が、真里子の処女詩集に、すでに決定的に刻印された。これは、このあとの詩作に、どのような軌跡を記していくか。

「夢の隙間をすり抜けていく　私は鳥」という夢とロマンの世界への脱出＝超絶願望は果たされるか？

第二詩集『寒い日もっと寒いあなたの体内へと降りていった日に』「亜土」詩会　一九九四・二

は、前詩集より、おしなべてイメジと声調がなだらかになり、洗練されている。処女詩集のゆたかではあるが乱雑なモティーフが溶けあい、まろやかな重みをもって造型されている。そのなかでも、とりわけ〈藍〉には、「あい＝愛」の解け合う響きと色彩があり、透明な悲しみを湛えている。

あい
あいいろの
濃い闇の中から

わたしは、生まれた

あいいろの濃さ
あいの深さ
（中略）
原始の海
三葉虫だったわたしが泳いでいた
（中略）
痛い魂の底
いま
あい、あいいろが
とても、うすい

〈体内時計〉の、

体液の海の底深くに沈んでいる
風のゆらぎ光の粒たちに触れながら
しずかに私を巡らせていくもの

の絶妙な深海＝心象風景、そして終連の、しずかな悲愁の表現、

遠くにいるあなたが
もっと遠くへ行ってしまったと
いま
私に告げている

も、読むものを深いおもいに誘う。

第三詩集『風のオルフェウス』ワニ・プロダクション 一九九六・一

は、全一五篇のうち一篇を除いて、すべて実験的前衛的手法で知られる詩誌「鰐組」に発表された。
前第二詩集『寒い日……』に較べても、詩境の円熟はいっそう著しい。さらに際だった特徴は、詩集全体の主人公として、ギリシア神話のトラキアの楽人＝詩人オル

フェウスを設定していることであろう。

このオルフェウスは、星空の夜、屋根から屋根へと渡る真夜中のピクニックへと「わたし」を誘い出すピーター・パン的な存在であり（〈真夜中の屋根の上のピクニック〉）、また、野の花や動物にもやさしく歌いかけて心を動かす自然汎神論的な愛の神でもある。

樹々にわたしの絵を一枚一枚立て掛けていった
オルフェウスの歌を森に流してしずかにこだまさせた

どんなものにも愛は宿っている
〝ただ愛だけが〟とオルフェウスが歌えば
野の花々はうっとりと小首を揺らし
わたしの絵のなかの沈んだ大地を獣たちが駆け巡る
〈〝ただ愛だけが〟とオルフェウスは歌った〉

この理想詩人像を虚構することによって、作者は表現の領域を広げ、その自由な広がりと深度を得ようとした。


問題はこの虚構造型されたオルフェウスの形姿と、現実の素材＝若くしてその孤独な生を絶った恋人（＝シンガーソングライター）とのあいだに必要な距離を、どう測るかである。二人の関係が客観的に造型されるとき、像と恋人、恋人と自分のあいだに否応なく走る亀裂をどうするのか？

地球はもはや「壊れかけている青白い星」であり、「君の絵と僕の歌」は「弱みや痛み」としての存在でしかない。

「原因不明の病気　発作的に襲ってくる　全身の痛み」のために「働けない者」になった彼への「社会の冷淡な視線」に、二人は精神の極北に追いつめられる。〈硝子の城〉の「言い知れぬ寒さ」。二人にはどんな未来もなく、〈狂ってもっと狂ってよオルフェウス〉の悲痛な叫びだけが、空しく木霊する。

これを、先だった死者への、生きのびた生者の痛恨と哀惜、（しばしば故なき）自責と捉えるならば、あるいはこれは作者の全詩作を貫く主題でもあろう。

第四詩集『鳥たちが帰った日に』詩学社　一九九八・八

この詩集に特徴的なのは、日常性から脱出あるいは超絶しての、異界人との魂の交流への願望である。

日常性を具現しているのは、「小さな炎を囲んで／夕食を始めようとしている／わたしの家族」。これは処女詩集から続く作者深層の夢であって、すくなくともこの詩集を通じて見る限りは、それと話者＝作者とのあいだに、なんの不協和音も感じさせない。〈雪野原〉で語られる「見え過ぎているわたし」が、それ以上踏み出させないのだ。そのことが、この詩集の脱出＝超絶願望の動機づけを薄くし、喩の強度を弱める結果をもたらすのではないかと、とりあえずは危ぶまれる。

例えば後半の詩〈真夜中のサイクリング〉の「魂につけられた鎖と翼」という対比語の観念的な軽さ。鎖のほうの重さが実感されないのだ。しかしこの詩の終連、

それは
たかが紙一重なのに
永遠に遠く
あなたとわたしを隔てている
生と死

は、この間の事情をいわば無意識的に、そして逆説的に反映したすぐれた表現といえる。

この異界人は、次詩〈鳥たちが帰った日に〉では、「彼」と呼ばれる白鳥たちの精霊。その体は「異質の空間に住むものの幾何学的な美しさ」をもっている。話者も白鳥もそれぞれの恋人を亡くしたばかり。

ここでの「向き合った瞳が互いの顔を映し出」すのは、たとえ詩の造形としても不充分。話者は見るものと見られるものとに分裂している。イメジの強度、充実度が足りず、浅く観念的な造形でしかないからだ。作者の眼はそこを素通りして次行の、

わたしたちは眼を閉じてかなしいキスをする
大切だった人の名を呼んでその魂を引き寄せる

に向けられている。この二行に作品の重心が懸かる。ここは「眼を閉じた」内面の、形ない世界。作者は、外面的造形などに、初めから意義を認めていないのだ。

〈花火〉の「オレンジ色の粒子」が落ちていく「暗い海」の「暗」も「海」も、内面の象徴語（＝〈海に降る雪〉の「心の奥の昏い海」）。ヘッセ『デミアン』風にいえば、「明の世界」の外＝異界にあるもの。「答えをすでに手にしている」以上、この「あなた」は死者であろうが、それとの愛は「夜空」の世界でのみ成就され、あるいはされない。

この〈花火〉の愛の儚さは、〈北極星〉の不動不変に向けられた作者の懐疑に通じ、こうしていっさいは曖昧な距離化のままに推移していく。

〈ミルキー・ウェイ〉は作者流の『銀河鉄道（の夜）』。賢治の主人公ならば、死者との邂逅によって、新しい生の意義を見いだし、新たな道を歩き始めるのだが、ここでは宇宙の「生も死もひとつの流れ」という、生と死を一体等価のものとしてみるリルケの静的な秩序が、そのままに肯定されている。

第五詩集『水の中の小さな図書館』ワニ・プロダクション　二〇〇二・八

集末に置かれた表題詩〈水の中の小さな図書館〉と〈陽に沈む家〉の二編は、離散し、消滅した家族の哀傷の年代誌。「水の中」は、作者の深層意識＝「世界内面空間」の在処《ありか》。本好きの家系をこの語で表した。

集初の〈包みこまれるままに〉以下、〈森の隠れ家〉、〈月が折れそうな夜に〉、〈雪、霧の朝に〉、〈息吹〉、〈隠れんぼ〉、〈灰色の森〉など、どれもこれまでの詩集よりいっそう洗練され、響きは深まった。

街の灯から
その音からも

遠くはなれて

聞こえるのは
草やぶの底を流れる水の音だけ
この闇のなかを飛ぶ光の粒子
無数のホタルの点滅　　〈包みこまれるままに〉冒頭

この蛍の灯が、作者の深層を照らしだす。

包みこまれるままに
だれにも見せなかったわたしを
いまひらいてゆく

〈森の隠れ家〉では、かつての夭折した恋人『風のオルフェウス』が、「死の国から」「形なき者の形もうっすらと」立ち現れる。

〈雪、霧の朝に〉は哀切な名品。

冷気がほほを突く

こんなふうに
かたちのないあなたに
抱かれていたい
ずうっと

（中略）

表面が霧におおわれている
ものはみなかたちがなく
想いだけで漂っている

〈隠れんぼ〉、〈灰色の森〉などにも、このおなじ哀切な響きは木霊《こだま》していく。

この間、真里子は、中央詩誌「ペッパーランド」「鰐組」「現代詩図鑑」の研究会などに活発に参加し、作品を発表しつづけ、

第六詩集『ラピスラズリの水差し』ダニエル社　二

〇〇六・八

も、水準を超えた出来映えとなった。

冒頭詩〈空き家の夕食会〉には、消えた家族の年代誌の、しずかで長い時間がゆったり流れ、〈花あかり〉の「小さな川をはさんだ向こう側の／花あかり」のもとでの楽しい宴という弘前城桜祭りの、幼時の追憶に重なる。

この心象風景が、真里子詩の深層をなす。

〈秋のチェロ〉はまるで津軽西海岸十二湖青池をそのまま映したような絶品である。

この「あお」は表題詩〈ラピスラズリの水差し〉の「深い瑠璃色」と同系。

やっと辿り着いた青池は
木立に囲まれた小さな深い器にあおを湛えて
過ぎていった時間を消してしまう
（中略）
十年前のあの日あの夜
岸辺の月光に濡れた階段を
チェロを抱えて降りていった若者が
この池の底で
ずうっとずうっと待っているよと
わたしにも分かる鳥の言葉で告げた
（後略）

第七詩集『見え隠れする物語たち』土曜美術社出版販売　二〇一二・二

は、今回のテーマである最新作。

冬に始まり秋に終わる四季の物語として構成された詩集の、夢の世界、メールヒェンの天空に、ついに「背中の翼」（〈新雪の朝に〉）で飛び立つことのできなかった、あるいは、しなかったものの哀傷＝「剝がれて消えた／翼」（〈翼の記憶〉）。その成就と失敗のどちらに、真の詩の契機は潜んでいるのか？　その重い問いに読者を誘う詩集である。

しかし、ついに飛び立つことのできなかったものにも、いや、そのものにこそ、なお広大な詩の曠野「世界内面空間」は開かれていよう。

森の奥、生と死のあわいに集まる彼岸と此岸の魂たちの神秘の交感は、比類なく深い（〈蛍まつり〉）。〈北の火祭り〉は、「祈りの炎」のなかに父の霊を呼び戻す。最終部〈月を釣る人〉の十三夜の月光、朱塗りの盃に満たした古酒に「浮かぶ月の震え」にも、この霊は姿を表す。

最終詩〈夕餉の支度〉の幻想は鮮烈。西の空が薄赤く染まるころ、「すすきの穂のたてがみをゆらして」駆ける幻の獣たち。夕暮れの寂しさのなかで「宙から下りてくるレール／宙へと消えるレール」は『銀河鉄道』の幻か。作者は、

今日も乗りそびれて
列車が走り去る音だけを聞く

もう七冊目にもなって「これが最後の詩集」と作者はいうが、ほんとうにこれで終わっていいのか？　これは詩人ならだれもが心の奥底に秘める痛みであろう。

詩人佐藤真里子は、この「消滅願望」に屈してはならない。新しい銀河鉄道のレールを、自分の素手で一本ずつ継ぎ足していかねばならないのだ。その傷ついた手をやさしく包んでくれるものが、いつか闇のなかから現れるだろう。


以上は、既刊の『現代詩人論＝内面・宇宙空間への飛翔＝佐藤真里子第七詩集「見え隠れする物語たち」に至る全軌跡』in『詩と思想』二〇一二・八　を、同題のまま改稿増補したものである。

佐藤真里子の詩は、生涯をともにしたものとの永遠の別れという断崖をようやく超えて、新しい境地を開きつつある。詩のいのちこそ、永遠に新しく、永遠をも乗り越える。

その明日に期待したい。

2013.12.25

佐藤真里子年譜

一九五一年（昭和二十六年）　零歳
青森県北津軽郡市浦村十三（五所川原市）にて父佐藤清秀、母まつゑの長女として出生。生後三カ月で両親が離婚。

一九五六年（昭和三十一年）　五歳
両親が復縁し、木造町（つがる市）に転居する。

一九五七年（昭和三十二年）　六歳
弟が誕生。

一九五八年（昭和三十三年）　七歳
木造町立向陽小学校に入学。

一九六四年（昭和三十九年）　十三歳
木造町立木造中学校に入学。

一九六七年（昭和四十二年）　十六歳
青森県立木造高等学校に入学。

一九六九年（昭和四十四年）　十八歳
サンエス工業（静岡市）に入社。自動車部品製造工場の現場事務を担当。

一九七二年（昭和四十七年）　二十一歳
サンエス工業退職。

一九七三年（昭和四十八年）　二十二歳
天坂　久と結婚。

一九七五年（昭和五十年）　二十四歳
静岡大学法経短期大学部に入学。

一九七八年（昭和五十三年）　二十七歳
静岡大学法経短期大学部卒業。青森市に転居。

一九七九年（昭和五十四年）　二十八歳
長男出産。

一九八三年（昭和五十八年）　三十二歳
長女出産。

一九九〇年（平成二年）　三十九歳
「詩学」に投稿を始める。

一九九一年（平成三年）　四十歳
「詩学」一九九〇年度の新人に推薦。「亜土」詩会（弘前市）に参加。第一詩集『ユダの軌跡』（路上社）出版。

一九九二年（平成四年）　四十一歳

「鰐組」（龍ケ崎市）に参加。ヨーガ教室に通う。

一九九四年（平成六年）　四十三歳

第二詩集『寒い日もっと寒いあなたの体内へと降りていった日に』（「亜土」詩会）出版。第二十五回県詩祭高校の部の選考をつとめる。

一九九六年（平成八年）　四十五歳

第三詩集『風のオルフェウス』（ワニ・プロダクション）出版。

一九九七年（平成九年）　四十六歳

陸奥新報社「新年文芸」詩部門の選考をつとめる。

一九九八年（平成十年）　四十七歳

第四詩集『鳥たちが帰った日に』（詩学社）出版。

二〇〇〇年（平成十二年）　四十九歳

「亜土」詩会を退会。

二〇〇一年（平成十三年）　五十歳

「すぴか」創刊。川柳作家柴崎昭雄との二人誌（二〇〇五年の16号まで発行　ホームページ同時開設）。

「響の夕べ」（主宰・三雲わたる）で佐藤真里子詩集朗読会を開催（「風のオルフェウス」全編　朗読・伝法谷仁美　佐藤真里子「鳥たちが帰った日に」抜粋　朗読・福士　潔）ピアノ演奏・福士　潔　会場・「名曲と珈琲・ひまわり」（弘前市）。

二〇〇二年（平成十四年）　五十一歳

日本現代詩人会に入会。第五詩集『水の中の小さな図書館』（ワニ・プロダクション）出版。「現代詩図鑑」（東京都）に参加。

二〇〇三年（平成十五年）　五十二歳

第三十二回県詩祭高校の部の選考をつとめる。

二〇〇四年（平成十六年）　五十三歳

「ファンタジーを読む読書会」（代表・水野るり子）に初めて参加する。奇数月の第二月曜日にひらかれるこの会には、いまも参加している。

「詩画展―森と語る」（主宰・三雲わたる）に参加する。会場の国際芸術センター青森の、森の中にある宿泊棟

に、他の分野の人たちと宿泊し、制作した作品を、同
会場に展示（詩・短歌・俳句・写真・書・絵）。
二〇〇五年（平成十七年）　五十四歳
東奥日報社「東奥文芸」（詩壇）の選考をつとめる。
「ペッパーランド」に参加（30号から終刊号まで）。
二〇〇六年（平成十八年）　五十五歳
第六詩集『ラピスラズリの水差し』（ダニエル社）出版。
連載「詩の中の風景」で自作詩に短文を添えて毎月掲
載（陸奥新報社　3年間）。
二〇〇七年（平成十九年）　五十六歳
「胴乱」（青森市）に参加。
二〇〇九年（平成二十一年）　五十八歳
連載「詩のプリズム」で身近な詩人の作品に短文を添
えて毎月紹介（陸奥新報社　3年間）。
二〇一〇年（平成二十二年）　五十九歳
「二兎」（横浜市）に参加。
二〇一二年（平成二十四年）　六十一歳
第七詩集『見え隠れする物語たち』（土曜美術社出版販
売）出版。連載「今と昔のうた暦」で万葉集の一首に
自作詩と短文を添えて毎月掲載（陸奥新報社）。
二〇一三年（平成二十五年）　六十二歳
陸奥新報社「新年文芸」詩部門の選考をつとめる。

（敬称略）

現住所　〒038―0003
青森市石江江渡五二―一五七

新・日本現代詩文庫　118　佐《さ》藤《とう》真《ま》里《り》子《こ》詩集

発　行　二〇一四年七月二十日　初版

著　者　佐藤真里子
装　幀　森本良成
発行者　高木祐子
発行所　土曜美術社出版販売
〒162-0813　東京都新宿区東五軒町三―一〇
電　話　〇三―五二二九―〇七三〇
ＦＡＸ　〇三―五二二九―〇七三二
振　替　〇〇一六〇―九―七五六九〇九
印刷・製本　モリモト印刷

ISBN978-4-8120-2156-9　C0192

新・日本現代詩文庫

土曜美術社出版販売

- ⑨① 前川幸雄詩集　解説　吉田精一・西岡光秋
- ⑨② なべくらますみ詩集　解説　佐川亜紀・和田文雄
- ⑨③ 津金充詩集　解説　松本恭輔・森田進
- ⑨④ 中村泰三詩集　解説　宮澤章二・野田順子
- ⑨⑤ 和田攻詩集　解説　稲葉嘉和・森田進
- ⑨⑥ 藤井雅人詩集　解説　菊田守・瀬崎祐
- ⑨⑦ 馬場晴世詩集　解説　久宗睦子・中村不二夫
- ⑨⑧ 鈴木孝詩集　解説　野村喜和夫・長谷川龍生
- ⑨⑨ 久宗睦子詩集　解説　伊藤桂一・野仲美弥子
- ⑩⓪ 水野るり子詩集　解説　尾世川正明・相沢正一郎
- ⑩① 岡三沙子詩集　解説　金子秀夫・鈴木比佐雄
- ⑩② 星野元一詩集　解説　鈴木漠・小柳玲子
- ⑩③ 清水茂詩集　解説　北岡淳子・川中子義勝
- ⑩④ 山本美代子詩集　解説　安水稔和・伊勢田史郎
- ⑩⑤ 武西良和詩集　解説　細見和之
- ⑩⑥ 竹川弘太郎詩集　解説　暮尾淳
- ⑩⑦ 酒井力詩集　解説　鈴木比佐雄・宮沢肇
- ⑩⑧ 一色真理詩集　解説　伊藤浩子
- ⑩⑨ 郷原宏詩集　解説　荒川洋治
- ⑪⓪ 永井ますみ詩集　解説　有馬敲・石橋美紀
- ⑪① 阿部堅磐詩集　解説　里中智沙・中村不二夫
- ⑪② 新編石原武詩集　解説　秋谷豊・中村不二夫
- ⑪③ 長島三芳詩集　解説　平林敏彦・禿慶子
- ⑪④ 柏木恵美子詩集　解説　高山利三郎・比留間一成
- ⑪⑤ 近江正人詩集　解説　高橋英司・万里小路譲
- ⑪⑥ 名古きよえ詩集　解説　中原道夫・中村不二夫
- ⑪⑦ 新編石川逸子詩集　解説　小松弘愛・佐川亜紀（近刊）
- ⑪⑧ 佐藤真里子詩集　解説　小笠原茂介
- ⑪⑨ 河井洋詩集　解説　古賀博文・永井ますみ（近刊）

〈以下続刊〉

- ① 中原道夫詩集
- ② 坂本明子詩集
- ③ 高橋英司詩集
- ④ 前原正治詩集
- ⑤ 三田洋詩集
- ⑥ 本多寿詩集
- ⑦ 小島禄琅詩集
- ⑧ 新編菊田守詩集
- ⑨ 出海溪也詩集
- ⑩ 柴崎聰詩集
- ⑪ 相馬大詩集
- ⑫ 桜井哲夫詩集
- ⑬ 新編島田陽子詩集
- ⑭ 新編真壁仁詩集
- ⑮ 南邦和詩集
- ⑯ 星雅彦詩集
- ⑰ 井之川巨詩集
- ⑱ 新々木島始詩集
- ⑲ 小川アンナ詩集
- ⑳ 新編井口克己詩集
- ㉑ 新編滝口雅子詩集
- ㉒ 谷　敬詩集
- ㉓ 福井久子詩集
- ㉔ 森ちふく詩集
- ㉕ しま・ようこ詩集
- ㉖ 腰原哲朗詩集
- ㉗ 金光洋一郎詩集
- ㉘ 松田幸雄詩集
- ㉙ 谷口謙詩集
- ㉚ 和田文雄詩集
- ㉛ 新編高田敏子詩集
- ㉜ 皆木信昭詩集
- ㉝ 千葉龍詩集
- ㉞ 新編佐久間隆史詩集
- ㉟ 長津功三良詩集
- ㊱ 鈴木亨詩集
- ㊲ 埋田昇二詩集
- ㊳ 川村慶子詩集
- ㊴ 新編大井康暢詩集
- ㊵ 米田栄作詩集
- ㊶ 池田瑛子詩集
- ㊷ 遠藤恒吉詩集
- ㊸ 五喜田正巳詩集
- ㊹ 森常治詩集
- ㊺ 和田英子詩集
- ㊻ 伊勢田史郎詩集
- ㊼ 鈴木満詩集
- ㊽ 曽根ヨシ詩集
- ㊾ 成田敦詩集
- ㊿ ワシオ・トシヒコ詩集
- 51 高田太郎詩集
- 52 大塚欽一詩集
- 53 香川紘子詩集
- 54 井元霧彦詩集
- 55 高橋次夫詩集
- 56 上手宰詩集
- 57 網谷厚子詩集
- 58 門田照子詩集
- 59 水野ひかる詩集
- 60 丸本明子詩集
- 61 村永美和子詩集
- 62 藤坂信子詩集
- 63 門林岩雄詩集
- 64 新編原民喜詩集
- 65 新編濱口國雄詩集
- 66 日塔聰詩集
- 67 武田弘子詩集
- 68 大石規子詩集
- 69 吉川仁詩集
- 70 尾世川正明詩集
- 71 岡隆夫詩集
- 72 野仲美弥子詩集
- 73 葛西洌詩集
- 74 只松千恵子詩集
- 75 鈴木哲雄詩集
- 76 桜井さざえ詩集
- 77 森野満之詩集
- 78 坂本つや子詩集
- 79 川原よしひさ詩集
- 80 前田新詩集
- 81 石黒忠詩集
- 82 壺阪輝代詩集
- 83 若山紀子詩集
- 84 香山雅代詩集
- 85 古田豊治詩集
- 86 福原恒雄詩集
- 87 黛元男詩集
- 88 山下静男詩集
- 89 赤松徳治詩集
- 90 梶原禮之詩集

◆定価（本体1400円＋税）